# 玄鳥さりて

# 一

「あのひとが戻ってくるのか」

九州、蓮乗寺藩の書院番、三浦圭吾は、島流しとなっていた樋口六郎兵衛が帰国すると聞いてため息をついた。

六郎兵衛は圭吾が少年のころに通っていた城下の林崎夢想流、正木十郎左衛門の道場で八歳年上の先輩だった。

当時、圭吾は元服前、六郎兵衛は二十歳を越していた。六郎兵衛は三十石の軽格、圭吾の家は百五十石で身分が釣り合わず、本来、親しくなるはずはなかった。

だが、道場でも、

――精妙随一
と言われている六郎兵衛がなぜか圭吾を稽古相手にすることを好んだ。年下でまだ、前髪もとれていない圭吾に向かって、

「お願いいたす」
と頭を下げてふたりで稽古をした。

林崎夢想流は、居合を創始した林崎甚助を開祖に二代目が田宮平兵衛、さらに長野無楽斎、一宮左大夫照信（光信）と伝えられたとされている。

稽古では三尺三寸（約一メートル）の長剣を用いる。流派の伝書には、

――三尺三寸の刀を以て、敵の九寸五分の小刀にて突く前を切止る修業也

とある。ふたり稽古では膝を突き合わせるほどに対座して、小刀を持った相手を長大な刀で制するのだ。

間合いをとってならともかく、刀を抜くことさえままならないほど相手と接しながら、まず膝を立てる。刀を半分ほど引き抜いて相手の首に擬し、相手の動きが止まった瞬間に鞘を払って斬り下ろす。

最初は不可能に思えるが、練達すると、あたかも燕がひらり、ひらりと飛ぶように長大な刀を振るうことができる。その様はあたかも手妻のような鮮やかさだった。

稽古では相手の息がかかるほどに接し、時に膝の間に膝を押し込んで柄でなぐりつ

けたかと思うほどの勢いで斬り下げる。稽古用の刀は刃引きがしてあるものの、体にふれれば怪我(けが)をしないはずがない。

それだけに、稽古には呼吸が合った相手を選ぶのが普通だった。だが、六郎兵衛が初めて稽古相手にしたとき、圭吾はまだ十三歳で技に熟達していなかった。

何もわからず相手になったが、六郎兵衛の刀が首筋をかすめ、刃が頬すれすれに振られると声をあげそうになった。

刀から逃れようと思わず動いてしまったこともある。稽古ではこれが、最も危ないのだと後に知ったが、そんな時でも六郎兵衛の刀は、紙一重で圭吾の体にふれなかった。

圭吾が怖気(おじけ)づいて冷や汗を浮かべると六郎兵衛はすまなそうに、

「大丈夫か」

と気遣いを見せた。圭吾はあえぎながら答えた。

「大事ありません」

六郎兵衛は圭吾の返事を聞いて嬉(うれ)しそうに、

「三浦殿は肝が据わっておられる」

と言った。いや、そんなことはない、恐怖で小便をもらしそうになっていた、と圭

吾は思ったが、口にはしなかった。六郎兵衛はにこにこして、

「刀での稽古は相手との呼吸が合わなければうまくできぬ。これからもお願いしたい」

と言った。そういうものなのか、と納得して圭吾はうなずいた。

しかし、しばらくして、道場でも真剣での稽古は上達した者同士で行っており、圭吾のような初心者を稽古相手にするのは、六郎兵衛だけだと気づいた。

なぜだろう、と圭吾は不思議に思った。

さらに、六郎兵衛が圭吾を相手に稽古していると、他の者たちが、にやにやと笑いながら好奇の目で見ていることにも気づいた。

道場で一番の使い手である六郎兵衛に面と向かって何か言う者はいなかったが、稽古を終わった圭吾が井戸端でもろ肌脱ぎになって汗をぬぐっていると、近寄ってきて、

「三浦殿はまことに色白でござるな」

と声をかける者がいた。さらに、

「そこが樋口殿に気に入られたのであろう」

と囃(はや)すように言う者がいて、同じように汗をぬぐっていた者たちがどっと笑ったりした。

もっとも、そんな者たちも六郎兵衛が来ると、とたんに口をつぐんだ。六郎兵衛は寡黙で顔立ちも平凡で、道場一の使い手であるなどとは、道ですれ違った者も気づかないだろう。それでも、どこか威を感じさせるところがあるのは、剣の実力のためなのかもしれない。

圭吾はこのころ、稽古を終わって帰る際、道場の者が小声で、

「六郎兵衛殿の稚児殿じゃ——」

と囁くのをもれ聞いて、顔が赤くなるほど恥ずかしい思いもした。

——衆道

という言葉を思い浮かべた。

しばらく六郎兵衛の稽古相手を避けるようになった。だが、圭吾は、ある日を境に六郎兵衛を信奉するようになる。

城下には正木道場のほかに新陰流、多田鉄斎の道場があった。正木道場と多田道場の門人たちは仲が悪く、喧嘩沙汰が絶えなかった。

特に年少の門人たちはことあるごとに、いがみ合っており、圭吾が十四歳になった年の夏、城下を流れる大野川の河原で集団での決闘をすることになった。

いずれも十五、六歳で血気盛んな少年たちだった。圭吾も誘われるまま、夜になっ

て木刀を手に大野川の河原に向かった。

だが、河原に立った圭吾ら正木道場の少年たちは目を瞠った。河原にいた多田道場の少年は数人だけで、十人ほどの二十を過ぎた屈強な若者たちが、たちまち圭吾たちを取り巻いた。

多田道場ではたびたび、少年の門人が正木道場と喧嘩をしては手ひどい目にあっていることに腹を立て、道場の上席の者たちで制裁を加えることにしたのだ。

取り囲まれた正木道場の少年たちは、

――卑怯だ
と叫んだが、多田道場の若者たちが真剣を抜くのを見て、息を呑んだ。ただならぬ殺気が河原を包んだ。

多田道場の若者の中から、

「正木道場との争いは今日で終わりだ」

「お前たちを二度と剣術ができぬようにしてやる」

と声が上がった。

斬られる、と思って圭吾はぞっとした。逃げたかったが、まわりを囲まれて逃げ道はない。

多田道場の若者たちが嗤いながら包囲を縮めた。その時、

——待てっ

と声がして河原の土手を駆け下りてきた者がいた。圭吾が振り向くと、月の明かりに浮かんだのは、六郎兵衛だった。

六郎兵衛は前かがみになって腰の刀に手をやりながら、少年と若者たちの間に走り込んで、

「正木道場の者は私闘を禁じられておるぞ。多田道場も同じであろう。双方とも引け」

と怒鳴った。だが、多田道場の若者たちは、

「正木道場の加勢ならば容赦せんぞ」

と刀を振るって斬りかかった。

「愚か者——」

六郎兵衛は刀を抜いた。

圭吾ははっとした。

六郎兵衛がすっぱ抜いたのは、稽古用の三尺三寸の長剣だった。六郎兵衛は刀を肩にかつぐような独特の構えをとると若者たちとの間合いを詰めた。

左右からふたりの若者が六郎兵衛に斬りかかった。六郎兵衛の長剣が月光にきらめいた。

がきっ

がきっ

凄(すさ)まじい音が響いたかと思うと、ああっという悲鳴のような声をふたりの若者があげた。若者たちの刀は根元のところで折れて、跳ね飛んでいる。

六郎兵衛はさらにほかの若者にも迫った。あわてた若者たちが怒号をあげて斬りかかると、再び、

がきっ

がきっ

という金属音が響く。折られた白刃(はくじん)が宙に飛んで月光に光った。その様はあたかも六郎兵衛が舞うにつれ、光を発するかのようだった。

圭吾はあまりの見事さにうっとりと見惚(みと)れた。

――引けっ

多田道場の若者たちの間から声があがり、黒い影が走り去っていった。その様子を見定めてから、六郎兵衛は長剣をゆっくりと鞘に納めた。

「樋口さん――」

　正木道場の少年たちは六郎兵衛に駈け寄った。六郎兵衛はにこりとして少年たちを見まわした。そして、圭吾に気づくと、

「おお、三浦殿、無事でござったか。大事な稽古相手じゃ。万一のことがあってはと案じましたぞ」

　と声をかけた。素晴らしい剣技を見せた六郎兵衛が、何人もいる少年たちの中から自分に声をかけてくれたことが圭吾は嬉しく恥ずかしい気がした。少年のひとりが、

「樋口さん、いまの技はわが流派にあるのですか」

　と訊いた。六郎兵衛は頭を振った。

「いや、流派の技ではない。わたしが工夫したのだ。それゆえ、〈鬼砕き〉とだけ名づけておる」

　恥ずかしげに六郎兵衛が言うと、少年たちは、鬼砕き、鬼砕きと口々に言って歓声を上げた。六郎兵衛はあたりを見まわしてから、

「さあ、かようなところにいつまでもいるものではない、帰るぞ」

　と少年たちをうながして歩き始めた。

　その時、六郎兵衛は軽く圭吾の背にふれた。

圭吾は六郎兵衛の手の温かみを感じて、昂揚(こうよう)した。六郎兵衛が衆道ではないかと疑ったことを申し訳ない、と思う。

六郎兵衛とともに歩きながら、圭吾は明日から、また稽古相手を務めようと思った。

青白い月が中天にさしかかっていた。


翌日――

圭吾は六郎兵衛と稽古をしようと思って正木道場に行った。だが、六郎兵衛の姿は無かった。道場主の正木十郎左衛門が道場に出てくると、昨夜、大野川の河原に行った者は名乗り出よ、と言った。

圭吾たち八人の少年が前に出ると、十郎左衛門は奥座敷に来るように告げた。奥座敷に行くと、十郎左衛門は、難しい顔をして、

「昨夜の騒ぎはすでに藩庁にも報じられておる。元服前の者には特にお咎(とが)めはないが、それ以外の者は目付から尋問されておる。わが道場からは樋口六郎兵衛が取調べられているようだ」

と言った。圭吾は驚いて口を開いた。

「樋口さんは、わたしたちが乱暴されようとしているのを助けてくれただけです。何

も悪いことはしていません」

十郎左衛門は苦々しい顔をしてうなずいた。

「樋口の人となりはわしもよく知っている。自ら乱暴を働くような漢(おとこ)ではないが、此(こ)度(たび)はちとやり過ぎた。多田道場の者たちの刀を何本も折ったそうではないか」

〈鬼砕き〉だ、と少年のひとりがつぶやく。

十郎左衛門は、刀を折った技の名を口にした少年をじろりと見た。

「わが流派にはない技だ。さような技で他流派の者の刀を折るなど、もってのほかのことだ。それではわしもかばいようがない」

十郎左衛門が吐き捨てるように言うと、圭吾は恐る恐る訊いた。

「では、樋口さんはどうなるのです。お咎めがあるのでしょうか」

十郎左衛門はため息をついた。

「咎めというほどのことではないが、まず半年ほどは家で蟄居(ちっきょ)しておるしかあるまい。しかし、今回の一件は樋口の今後に祟(たた)るであろう。なにせ、多田道場の門弟は上士の息子が多い。折られた刀も家伝来のものが多かったそうだ」

申し訳ないことをした、と圭吾は悔いた。

あの人の好(よ)い六郎兵衛が、同じ道場の少年たちを助けたために不遇の目にあうのかと思うと悲しかった。

六郎兵衛が再び正木道場に顔を出すようになったのは、年の瀬が近づいたころである。

ある日、圭吾が道場に行くと、六郎兵衛がひとりで素振りをしていた。

圭吾の顔を見て、六郎兵衛は何事もなかったかのように穏やかな顔を向けて、

「稽古をお願いできますか」

と言った。圭吾が大きな声で、はい、と答えると六郎兵衛は嬉しそうにして、稽古用の長剣をとりにいった。

ほかに弟子たちがいなかったため、ふたりは道場の真ん中で向かい合って座った。その瞬間、六郎兵衛は片足を立て、長剣を引き抜いて刃を圭吾の首筋にあてていた。

六郎兵衛の動きは圭吾には見えなかった。

(これが、半年、道場に出なかったひとの動きなのか)

圭吾は短い木刀を腰にしていたが、抜く余裕などはなかった。呆然(ぼうぜん)としている間に六郎兵衛は左右への打ち込みをした。寸止めで体にはふれないものの、凄まじい刃風(はかぜ)が襲う。

圭吾は冷や汗をびっしょりかいた。同時にいつの間にか六郎兵衛の爪先が圭吾の膝の間に差し込まれていた。

圭吾が息を呑んだ時、爪先はすっと引かれ、六郎兵衛は長剣を鞘に納めて正座した。息も切れていない。

六郎兵衛は静かに圭吾を見つめた。

## 二

五年がたった。

圭吾は十九歳になっていた。部屋住みのまま、いまも正木道場に通っているが、近頃、六郎兵衛はめったに道場に顔を出さなくなった。

普請方に出仕するようになった六郎兵衛は城中の修繕や領内の工事などで日々、真っ黒になって働いており、道場に顔を出す暇がないということだった。

大野川の喧嘩騒動の後、圭吾は六郎兵衛の稽古相手を務めたが、かつてのように薄笑いして見守る者はいなかった。

六郎兵衛の凄まじい技があらためて知られたからだったが、圭吾との稽古は峻厳さを増して、みだらなことを言わせない趣があったのだ。

　また、六郎兵衛に稽古をつけられる間に圭吾の腕も上がった。

　自ら荒稽古に励み、ほっそりとした体つきは相変わらずだが、しなやかで敏捷な動きを体得していた。いまでは六郎兵衛が「正木道場の天狗」、圭吾は「隼」と呼ばれるようになっていた。

　圭吾は六郎兵衛にはおよびもつかないだけに、とんでもないことだ、と思った。だが、城下では色白で顔立ちがととのった正木道場の隼の評判が高くなり、天狗の六郎兵衛のことを口にする者はなかった。

　六郎兵衛はそんな世間の噂には関心を持たず、自分が天狗などと呼ばれていることさえ知らないようだった。

　それだけに、たまに道場に来る六郎兵衛が、いつもの形稽古ではなく、木刀を持って進み出ると、稽古していた門人たちはしんと静まり返った。

　この日、道場の席次を決める稽古試合が行われることになっていたからだ。

　六郎兵衛は永年、筆頭だったが、圭吾は三席から二席に上がっていた。六郎兵衛との稽古試合で勝てば筆頭になれるかもしれないのだ。

　六郎兵衛は道場に出て、皆が自分を見つめているのを感じたのか、怪訝な顔をした。

だが、道場の壁にかけられた名札で圭吾が二席になっているのを見て微笑を浮かべた。

師範席の十郎左衛門のもとに近づいた六郎兵衛は、何事か囁いた。十郎左衛門はうなずくと、

——三浦
と圭吾に声をかけた。

圭吾が師範席の前に行くと、十郎左衛門は、

「樋口が稽古試合をいたそうと申しておる。どうだ、受けるか」

と言った。圭吾は緊張した顔になり、はい、と答えた。

十郎左衛門は荘重な面持ちで、では、さっそく、立ち合えと促した。門人たちがさっと板壁に沿って座ると、六郎兵衛はゆっくりと真ん中に進み出た。

圭吾も木刀を手に向かい合う。

六郎兵衛は、うりゃりゃ、と気合をかけた。圭吾はおう、と応じながら円を描くように横に動いた。

六郎兵衛は片方の眉(まゆ)をあげて圭吾の動きをみていたが、不意に間合いを詰めて打ちかかった。圭吾はこれを弾(はじ)き返す。

数合、激しい気合とともに双方が打ち合う音が道場に響いた。見守る門人たちは驚愕の表情を浮かべた。

稽古試合で六郎兵衛が相手と木刀を打ち合うことはほとんどない。よほどの練達者以外は、ほぼ一撃で打ち据えてしまうのだ。

圭吾が六郎兵衛と互角に打ち合うのを見て、門人たちは羨望と嫉妬を感じていた。

やあっ

圭吾は澄んだ気合をあげて、六郎兵衛ののどもとを突いた。決まったかに見えたが、六郎兵衛はわずかにかわすと圭吾の懐に飛び込んできた。

圭吾が木刀を引いて胴を打とうとすると、六郎兵衛は木刀をからめてきた。

かつ

かつ

圭吾と六郎兵衛の木刀がからみあう。次の瞬間、六郎兵衛は木刀を引いて大きく、まわした。

月の輪のような円を描いた木刀は、圭吾が力をこめて突きに転じようとした瞬間、ぐるりとまわった。圭吾の木刀は激しく打たれて折れた。

圭吾が呆然として折れた木刀を見つめていると、六郎兵衛はすっと後ろに退いて、

「おわかりか。いまのが〈鬼砕き〉です」

　とつぶやいた。

「参りました」

　圭吾は頭を下げた。十郎左衛門が手をあげて、

「それまでじゃ。三浦は樋口に並ぶほどに技をあげたな」

　と機嫌よく言った。

　だが、圭吾には六郎兵衛が手加減をして、自分を引き立ててくれたのがわかっていた。

　なぜ、それほどまでに好意を示してくれるのか。少年のころから六郎兵衛の温かい眼差(まなざ)しを感じてきたことを思い出した。

　この年の夏、正木道場の門人たちで月の名所である葛ケ原(かずらはら)で月見をしようということになった時、ふらりと六郎兵衛が現れた。

「月見ですか。いいですな」

　六郎兵衛はそのまま圭吾についてきた。

　考えてみれば、六郎兵衛と月見をするなど、圭吾にとって初めてのことだった。

葛ケ原は城下のはずれにあり、大野川が流れている。開かれた草原の真上に見事な月が上がっている。

橋を渡りながら、圭吾は大野川の河原での騒動を思い出した。ふと、六郎兵衛に、

「五年前、大野川の河原で樋口さんの〈鬼砕き〉を初めて見ました」

と話しかけた。

道場の者たち六人と月見に出たのだが、いつの間にか他の者たちは前方を歩いている。あたかも六郎兵衛と圭吾だけが連れ立って歩いているかのようだった。

六郎兵衛はしばらく黙っていたが、落ち着いた口調で、

「さようなこともありましたな」

と言った。圭吾は思い切って、かねてから気になっていることを訊いた。

「わたしは樋口さんから随分、親切にしていただきました。なぜこのようにやさしくしていただけるのであろうかと不思議に思ってきました。教えていただけますでしょうか」

「わたしは三浦殿を、友だと思っているということです」

六郎兵衛は恥ずかしげに言った。

「わたしのような年少の者も友と思ってくださるとは。ありがたく存じます」

圭吾が微笑して頭を下げると、六郎兵衛は夜空を見上げた。

「三浦殿はわたしを友だと思っていただけますか」

「剣の先輩ですから」

圭吾は当然だというようにうなずく。

「そうですな。わたしは三浦殿の剣の先輩です」

六郎兵衛は少し寂しげに言った。

圭吾は何かもっと言わなければいけないことがあるような気がしたが、言葉が出てこなかった。

そのまま、ふたりは黙って歩いた。

不意に六郎兵衛は立ち止まって、圭吾を見つめた。圭吾の顔は月光に白く浮かび上がっている。

六郎兵衛は、不意に、和歌を詠じた。

　吾(わ)が背子(せこ)と二人し居れば山高み
　　里には月は照らずともよし

圭吾があっけにとられると、六郎兵衛は難しい顔をして、

「聖武朝の官人、高丘河内の和歌でござる。友との宴で詠んだものでしょう。至極、親しいあなたと二人でいるので、高い山が遮って月がこの里を照らさないとしても、かまいはしないという意でしょうか。親しい友と酒を酌み交わして長い夜を語り合う時は月の光も恋しくはない、と詠ったのです」

と言った。圭吾は六郎兵衛の顔を見つめた。

六郎兵衛が口を開く。

「実はわたしは秋に妻を娶ります。同じ普請方の桑島房五郎殿の娘で千佳というひとです。器量は十人並みですが、心やさしい女人です」

「さようですか。それはおめでたく存じます」

圭吾が言うと、六郎兵衛は頭を下げた。

「ありがとうございます」

六郎兵衛はほっとしたように礼を返した。そして、また夜空を見上げながら言葉を継いだ。

「実は大野川の河原での騒動の後、わたしにはあまりいいことがなかったのです」

圭吾はどきり、とした。

「どうされたのですか」

「あの夜、刀を折ったのは、いずれも重臣の息子ばかりだったようで、わたしが家督を継いで出仕するようになると、あちらこちらで意地の悪いあつかいを受けました。あやうく勤まらぬようになるところでしたが、何とか踏ん張って参ったのです。同じ普請方から嫁を迎えれば、少なくとも組内では、かばってもらえるでしょう」

　六郎兵衛は淡々と言った。

「樋口さんほどの剣の腕前がある方が、そのような目にあうとは」

　圭吾は信じられない思いだった。

「剣の腕が生きていくために役に立つと思うのは若いうちだけのことのようです。わたしもそう思い、随分と励みましたが、戦があるならともかく、天下泰平の世では何の役にも立ちません。それどころか、生きていくためには、却って邪魔になるものなのかもしれません」

　苦笑する六郎兵衛に、圭吾は唇を嚙んだ。

「申し訳ありません。わたしたちを助けたことがそこまで樋口さんに祟るとは思ってもいませんでした」

「いや、これもわたしのめぐり合わせです。わたしはどうも日向を歩けない宿命を負っているような気がします」

諦めたように六郎兵衛は言った。その時、前を歩いていた六人の門人たちが声高に何か言う声がした。

門人たちの向こうに、提灯を手にした男たちがいるようだ。

「いかん、もめ事のようだ」

六郎兵衛は足を速めた。圭吾もそれに続く。

橋のたもとで、門人たちと向かい合っているのは、町奉行所の役人と下役だった。

六郎兵衛は駆け寄るなり、

「われらは正木道場の門人でござる。月見に出て参りましたが、何事かありましたのでしょうか」

と尋ねた。

陣笠をかぶり、羽織袴姿の役人が六郎兵衛に顔を向けた。

「実は、先ほど、城下の津島屋に押し込み強盗が入り、銀子を奪ったうえ、ひとり娘をかどわかして逃げております。賊は七、八人の浪人者で、大野川沿いに逃げたと見られるため、失礼ながら貴殿方を誰何いたしました」

六郎兵衛はうなずいた。

「なるほど、わかりました。しかし、女人がかどわかされているとあっては、放っておけません。われら探索に力添えいたしましょう」

六郎兵衛が告げると、役人はほっとした様子で、

「お力添えいただけるなら、ありがたい。われらはこれより大野川の河原を下流にたどります。貴殿方は上流に向かっていただけようか」

と言った。

「承知いたした」

六郎兵衛は応じるなり門人たちを見回した。

「聞いたであろう。われらはこれより、かどわかされた女人を捜す。固まらず、ひとりひとりで広く捜せ」

六郎兵衛が言うと、門人のひとりが、

「しかし、樋口さん、月見はどうなるのですか。せっかく楽しみに出てきたのですぞ」

と不満げな声を漏らした。

「ならば、女人を捜しながら、夜空を見上げればよい。月はどこにも逃げぬぞ」

六郎兵衛は笑うと、さっさと河原に降りていった。河原を上流までたどって捜すつ

もりのようだ。

門人たちは不承不承、堤の道や河原に散っていった。

圭吾はそのまま道を歩いた。

歩きつつ、六郎兵衛は五年前の一件でどれほど辛い目にあったのだろうか、と考えた。

自分たちのしでかしたことで六郎兵衛が不運に陥ったことが理不尽な気がした。しかし、それとともに、そんな理不尽に甘んじている六郎兵衛に歯がゆいものを感じないではいられなかった。

(樋口さんは、どうもひとに侮られるところがあるようだ)

正木道場の天狗などと呼ばれる腕を持ちながら、六郎兵衛は道場の誰にでもやさしく、物言いもおとなしい。

めったに声を荒げることもないだけに、年少の者のなかには、どこか六郎兵衛を軽んじる気配があった。

六郎兵衛に畏敬の念を抱いているのは、圭吾たちのように大野川の河原での凄まじい剣技を目撃した者に限られるのかもしれない。

(不運なひとだ――)

圭吾は思わずため息をついた。

気がつけば、橋のあたりから、随分、上流へ来ていた。ほかの門人たちはどこに行ったのか、姿が見えない。

あるいは、六郎兵衛が娘の捜索を安請け合いしたことが馬鹿馬鹿（ばかばか）しくなって、引き揚げてしまったのかもしれない。

圭吾は夜空を見上げた。

月が雲間に隠れ、あたりは漆黒の闇（やみ）に覆（おお）われる。

その時、底響きする気合が聞こえた。

りゃあ

りゃあ

聞き慣れた六郎兵衛の声だった。同時に、男たちが罵声（ばせい）を浴びせ、怒号をあげるのが聞こえた。

――いかん

六郎兵衛が押し込みを働いた浪人たちと闘っているのだ、と圭吾は察した。闇の中、声がした河原に向かって堤を駆け下りる。

刀の鯉口（こいぐち）を切った。

圭吾が生い茂った草をかきわけていくと、刀を撃ち合う音が響いた。雲間から月光が射(さ)した。

青白い光の中に折れた白刃が飛ぶのが見える。

(鬼砕きだ)

六郎兵衛が得意技を使っているのだ。圭吾は足を速めた。すると、河原を何者かが駆け去る音が響いた。浪人たちが六郎兵衛の剣技に恐れをなして逃げ出したのではないか。

圭吾は腰の刀に手を遣(や)ったまま近づいて、

「樋口さん――」

と声をかけた。

おう、と思いがけないのんびりした声が返ってきた。圭吾が傍に寄ると、六郎兵衛は刀を鞘に納めた。

六郎兵衛の足元には、緋綸子(ひりんず)の着物の若い娘が横たわっているのが月の明かりで見えた。

「かわいそうに、よほど怖かったのでしょう。気を失っている」

六郎兵衛はつぶやくように言った。

「助けられてよかったですね」

圭吾が微笑むと、六郎兵衛は少し黙ってから、

「物は相談ですが、この娘を救ったのは三浦殿だということにしてはいただけませんか」

と言った。圭吾は驚いて頭を振った。

「それはいけません。わたしはひとの手柄をもらう気はありません」

六郎兵衛は圭吾をうかがうように見て、

「それはそうでしょうが。なにしろ、わたしは普請方で除け者にされております。津島屋と言えば城下きっての富商です。その富商の娘を助けたなどということになると、妬み、嫉みでどのようなことを言われるかわかりません。あらぬ噂を立てられれば、せっかく決まった縁組にも障りが出るかもしれないのです」

と切々と訴えた。

それでも嫌だとは圭吾も言いかねた。やむを得ないかもしれないと思っていると、堤の上にいくつもの提灯が見えた。

「樋口さーん」

正木道場の門人たちの声だった。どうやら、提灯をもらいに行っていたらしい。

六郎兵衛が声を張り上げた。

「ここだ。津島屋の娘は無事だぞ」

倒れている娘がわずかに身動きした。圭吾は介抱しようと娘の傍らに片膝をついた。

月光に娘の白いうなじが浮かぶ。

圭吾ははっとした。

そんな圭吾のそばに立つ六郎兵衛は、娘から目をそらした。

月が冴(さ)え返っている。

三

津島屋を襲った浪人者たちは、山を越えて国境(くにざかい)を抜けようとしていたところを、追いかけてきた役人たちによって捕まった。

だが、浪人たちの抵抗は激しく、役人のひとりが深手を負い、捕手たち七人が負傷した。浪人たちはいずれも喧嘩慣れしているうえに、それぞれ流派で免許を得るなどしていた腕前だった。

それだけに浪人たちをひとりで退けたとされる圭吾の評判は上がった。圭吾は複雑な思いがしたが、正木道場の名が高くなったのを知って、これで、よかったのだ、と思った。

津島屋の娘は美津という名だった。

数日後、津島屋の主人、伝右衛門が自ら圭吾の屋敷に礼のためにやってきた。伝右衛門にとって、美津は四十過ぎてからできたひとり娘だということだった。白髪ででっぷりと太った伝右衛門は圭吾に平伏して、礼金の三十両だと言って袱紗の包みを差し出した。

圭吾は眉をひそめた。

「たまたま押し込みの浪人を追い払っただけです。さような大金は受け取れません」

圭吾が遠慮して断ると、伝右衛門は手を振って、受け取っていただかねばこちらが困るのでございます、と言う。

「なぜでしょうか」

圭吾が訝しく思って訊くと、伝右衛門は咳払いしてから話した。

「若い嫁入り前の娘が、荒くれ浪人にかどわかされたのです。世間はあらぬ噂を立てるものです。その口を封じるためには、娘の身に何もなかったからこそ、わたくしが五十両の礼金を出したのだ、と世間に報せねばならないのでございます」

「五十両ですか」

さっき、伝右衛門は三十両と言ったはずだ、と圭吾は首をかしげた。伝右衛門はにこりとした。

「二十両は三浦様とともにおられた樋口六郎兵衛様に、すでにお渡しいたしました。あの方は何もされなかったようですが、もとはと言えばお役人に力添えして娘を捜そうと言い出してくださったそうですからな」

「ああ、そういうことですか」

では、すでに六郎兵衛は金を受け取ったのだ、と圭吾は思った。伝右衛門は狡猾な表情で話を続ける。

「もう樋口様には礼金をお渡ししていますが、もし娘を助けてくださった三浦様が礼金を受け取らぬと仰せになられれば、樋口様もわたくしどもにお戻しされなければならなくなります」

伝右衛門は丸顔の細い目で、圭吾をちらりと見た。

「わかりました。遠慮なくいただきましょう」

圭吾が応じると、伝右衛門は大げさに吐息をついた。

「ありがとう存じます。これで、娘にも悪い噂がたたずにすみます。それにしても娘を助けていただいたのが、あの樋口様ではなく、三浦様でまことにようございました」

あけすけな伝右衛門の言葉に圭吾は鼻白(はなじろ)んだ。

「なぜでしょうか。樋口さんは正木道場の天狗と呼ばれているほどの達人です。浪人たちを退けるなど容易なひとですが」

「お気に障(さわ)ったら、お許しを願います。わたくしども商人は何よりも世間への見栄(みえ)を気にいたします。娘を助けていただいたのが、三浦様のような百五十石のご身分でしかも御顔立ちといい、御姿といい、立派なお方でございますから、世間へも鼻を高う(たこう)できます。それに比べて三十石でしかも風采(ふうさい)のあがらない樋口様では、世間が羨(うらや)むなどということはございません。あからさまに申せば、そういうことでございます」

「そんなものなのですか」

圭吾は嫌な気持がした。

世間は見かけだけを見て、六郎兵衛の剣の腕前や心根を見ようとしないのだろうか。大野川で役人と会った六郎兵衛がすぐに娘を捜そうと決断しなければ、いまごろ美津はどうなっていたかわからない。

あるいは浪人たちに乱暴されたうえで殺され、死骸(しがい)は大野川に捨てられていたかもしれない。そんな悲惨な運命から実際に美津を救いながら、感謝されるどころか、貶(おとし)められるとはどういうことなのだろうか。

――津島屋殿

圭吾はすべてを言おうと思った。だが口を開こうとしたとき、袱紗の包みが目に留まった。

六郎兵衛はすでに何も言わずに礼金を受け取っているのだ。それなのに、いまさら美津を助けたのは六郎兵衛だと言うことは、不審に思われるに違いない。ひょっとすると六郎兵衛が金を受け取ったことすら、悪(あ)しざまに言われるかもしれない。

圭吾は口をつぐんだ。

「何でございましょうか」

伝右衛門が圭吾の顔を覗(のぞ)き込むようにして訊いた。

「何でもありません」

圭吾はため息とともに答えた。

六郎兵衛の本当の姿を世間に伝えるのは難しいことだと思った。

この年の秋、津島屋の美津が圭吾のもとへ嫁ぐ話が決まった。

伝右衛門は蓮乗寺藩に五千両もの金を大名貸ししており、すでに苗字帯刀を許され、主席家老の今村帯刀とは親しくしていた。

伝右衛門は帯刀に、娘の美津が危ういところを助けられて以来、圭吾に思いを寄せているようだ、と言って縁組の世話を頼んだのだ。

伝右衛門はひとり娘の美津にいずれ婿をとって店を継がせるつもりだった。だが、圭吾と縁ができたことで、これは蓮乗寺藩にさらに深く食い入る好機だと算盤を弾いたのである。

帯刀にしても、富商の津島屋が武家と縁結びをする仲立ちをしてさらにつながりを深くしておくことは、自らの派閥を率いていくうえでも有利だと考えた。

こうして伝右衛門と帯刀の思惑によって、圭吾と美津の縁談は決まった。

城下では若い美男の侍が富商のひとり娘の危機を救い、結ばれることになったという話柄が尾ひれをつけて伝わり、ひとびとを喜ばせた。

急な縁談に圭吾は戸惑ったが、年老いた父母や親戚は家老の帯刀のお声掛かりというだけで、否応なく応じなければならないと言った。そこには、美津が持ってくるであろう持参金への期待もあった。

圭吾にとって気の重い話だったが、あの夜、助けたおりに見た美津のうなじの白さはその後も夢に見た。

(あの娘を妻にするのか)

そう思うと、ことさら否(いな)やを言う気にもなれなかった。実のところ、心の底ではやはり喜んでいる自分がいる。

美津をいとおしむ気持が湧(わ)いていた。

婚礼は年の瀬ということになった。

十二月に入って、祝言(しゅうげん)が間もなく行われるというある日の夜、六郎兵衛が風呂敷(ふろしき)包みを手に、雨の中、傘をさして圭吾の屋敷を訪れた。

六郎兵衛が訪(おとな)いを告げただけで家僕に勧められても奥に上がろうとしないため、玄関に出てきた圭吾があらためて上がるように言った。

だが、六郎兵衛は頭を横に振った。

「いや、今夜は祝いの品を届けに来ただけですので、これにて」

六郎兵衛は圭吾に勧められても上がろうとしない。祝言の日は所用があるため来られないということだった。

「それは残念です。樋口さんには来ていただきたかったのですが」

圭吾が言うと、六郎兵衛は手を振った。

「いや、滅相もござらん。わたしのような軽格者は御祝いの席には似合いません」

「ですが――」

圭吾は言いかけて途中で声を低めた。

「此度の婚儀は樋口さんのおかげだと思って感謝いたしております。あのおり、手柄を譲っていただかねばかようなことにはなりませんでした」

「さすれば、わたしは福の神なのでしょうか」

六郎兵衛は嬉(うれ)しげに笑った。

圭吾がまことに、と言うと六郎兵衛は言葉を継いだ。

「されど、福を得たのは、三浦殿だけではありませんぞ」

「と申されますと」

圭吾が怪訝な顔をすると、六郎兵衛はゆっくりと鞘(さや)ごと刀を抜いた。片手で水平に持って見せた刀は長大で、拵(こしら)えなども頑丈そうだった。

「この刀は――」

圭吾は息を呑(の)んだ。

「さよう、三尺三寸あります。正木道場の稽古刀(けいこがたな)と同じ長さです。わたしは永年、あの刀で稽古しているうちに、長剣をわが物にしてみたいものだ、と思うようになりました。津島屋殿から娘御を助けた礼に二十両をいただいたとき、これで、あの刀が買えると天にも昇る心地がいたしました」

六郎兵衛は知り合いの刀鍛冶(かたなかじ)に注文して、三尺三寸の刀を打ってもらったというのだ。

「そうだったのですか」

圭吾は何となく胸のつかえが下りる気がした。

「無礼ながらご覧いただきましょうか」

六郎兵衛は刀を腰に差すと、玄関先に行った。

軒から雨のしずくが滴(したた)っている。

六郎兵衛は腰を落として構えていたかと思うと、雨滴(うてき)が落ちた瞬間、気合も発せずに居合を放った。

軒から落ちる滴(しずく)が、

一閃(せん)

二閃

三閃

雨滴が地面に落ちるまでに三度にわたって斬られた。それも三尺三寸の長剣によってである。

圭吾は目を瞠るばかりでなにも言えなかった。

六郎兵衛は刀を鞘に納めて微笑み、

「つまるところ葛ケ原に月見に出たおかげで、三浦殿は美しき花嫁を得られ、わたしは愛刀を得たわけです。まことにめでたいことだと存じます」

と言った。

圭吾はようやく口を開いた。

「樋口さんにそう思っていただけるなら、何よりのことです」

言いながら、圭吾の耳には伝右衛門が言った、六郎兵衛を軽んじる言葉が蘇っていた。

世間の者はなぜ、かような六郎兵衛の凄さを知ろうとしないのだろうか、と思った。そして、六郎兵衛もまた、自らの才を封じるかのようにして生きているのはなぜなのだろうか。

「樋口さん、どうしても祝言には来られませんか」

圭吾はあらためて訊いた。

祝言には仲人として、家老の今村帯刀も来ることになっていた。帯刀に紹介すれば、六郎兵衛の新たな道が開けるのではないか。

「いや、所用がありますので」

六郎兵衛は穏やかに言った。

「わたしは樋口さんのことをご家老に知っていただきたいと思います」

圭吾は熱を込めて訴えた。

「それは、友としてでしょうか」

六郎兵衛は意外なことを口にした。圭吾は何と言って答えていいか、わからなかったが、

「無論、そうです」

と応じた。

六郎兵衛はじっと圭吾を見つめた。

「わたしが友に望むのは、さようなことではないのです」

言い捨てると、六郎兵衛は踵を返して玄関から出ていった。

その後ろ姿はひどく寂しそうだった。

圭吾はかつて六郎兵衛が口にした、

　吾が背子と二人し居れば山高み
　里には月は照らずともよし

という和歌を思い出した。

六郎兵衛が友に望んでいるのはあの和歌のようなことなのだろうか。

圭吾が見送っていると、やがて六郎兵衛の姿は降りしきる雨の中に消えていった。

四

美津を妻に迎えたことは圭吾に幸運をもたらした。

家老の今村帯刀が自らの派閥に圭吾を入れて、しかも勘定方に取り立てて優遇した。

圭吾の実家でも、

「どうやら、圭吾は嫁を引き当てたようだ」

と喜んだ。

圭吾も美津と琴瑟相和(きんしつあいわ)しているだけに心地よい満足の中にいた。唯(ただ)一つ気がかりなのは、六郎兵衛が祝言の数日前に現われて以来、圭吾の前に姿を見せないことだった。

郡方奉行所は城下外れの郡代屋敷にあり、日頃、ふたりが顔を合わせないのは不思議ではない。それでも郡方がまったく城中に来ないわけではなく、郡代が執政会議に出席するおりなど、供の中に六郎兵衛が加わっていたこともかつてはあったのだ。

しかし、圭吾が帯刀の派閥に加えられ、藩内での輝きを増していくにつれ、六郎兵衛はひっそりと陰にひそんだ感があった。

六郎兵衛は正木道場での稽古にもまったく姿を見せることがなくなっていた。圭吾は非番の日、道場に出て後輩の少年たちに稽古をつけるのだが、六郎兵衛が来たという話は聞かなかった。

(あのひとはこのまま消えてしまうつもりなのだろうか)

圭吾は不安な思いを抱いた。

六郎兵衛の剣技のすばらしさは、圭吾にとって憧憬の的だった。まだ少年のころ、六郎兵衛が稽古相手にしてくれたことは、いまでも誇らしく思い出していた。あのおり、六郎兵衛が衆道で、圭吾を稚児として愛そうとしたのではないか、という噂がたったのもいまでは笑い話だと思っていた。

だからこそ、六郎兵衛には、家中でも日の当たる場所にいて欲しいという気持が圭吾にはあった。

そのことをある夜、美津に話したことがある。すると、美津はおかしそうに笑った。

「旦那様が、なぜ、そのように樋口様のことを案じられるのか、わたくしにはよくわかりません」

「そうかな、道場の先輩でよく稽古をつけてもらった。それに樋口殿はわたしのことを友だと思ってくださっているようだ」

美津はじっと圭吾を見つめた。

「樋口様と旦那様では年齢も身分も違います。友と言われるのはおかしくはないでしょうか」

「まあ、身分はともかく、年上ゆえ、わたしにとっては先輩だな」

圭吾が言うと、美津は少し考えてから、

「樋口様が旦那様に友と言われたのは、それだけ親しい気持を持たれているからだとは存じますが、旦那様はこれからご出世あそばす身でございますから、樋口様とはあまり――」

と言った。

「親しくせぬがよいと言うのか」

圭吾は眉をひそめた。

「はい、実家の父もそう思っております」

津島屋伝右衛門も六郎兵衛と圭吾が交わらない方がいいと思っていると聞いて、圭吾は驚いた。

「津島屋殿はなぜ、そのように思われるのであろうか」

圭吾が首をひねると、美津は声をひそめた。

「わたくしが浪人者たちにかどわかされたおり、旦那様に助けていただきましたが、あの野原に浪人者の刀が数本、折られて落ちていたそうです」

あの時、六郎兵衛が浪人たちを相手に〈鬼砕き〉の技を使ったのを圭吾は思い出した。

圭吾が黙ってうなずくと、美津は話を継いだ。

「浪人たちを捕えた町奉行所のお役人が野原でのこともお調べになって、折れた刀に気づかれ、このような技を使うのは樋口六郎兵衛だと父に話されたそうです」

そうか、実際に美津を助けたのは六郎兵衛だと気づいた役人がいたのか、と圭吾はどきりとした。

美津は囁(ささや)くように話した。

「父はそのお役人にお金を渡して、それ以上詮索しないようにと口をふさいだのだそうでございます」

そうだったのか、と圭吾はため息をついた。

「実は、そなたを助けたのは、わたしではなく樋口殿だった。そのことを津島屋殿は知っていたのだな」

圭吾が当惑しながら言うと、美津はにこりとした。

「わたくしも知っておりました」

「知っていただと?」

圭吾は目を瞠った。

「はい、わたくしは浪人たちに連れ去られ、気を失っていましたが、ふと気づいた時に樋口様が旦那様に手柄を譲りたいとおっしゃっているのを聞いたのです。月明かりでしたけれど、わたくしは薄く目を開けておふたりの姿を見ました。その時、助けられるのなら旦那様の方がよいと思って、まだ気づかぬふりをしていたのです」

「なぜまたそのようなことを――」

「樋口様は手柄を譲りたいと仰せになっていたのです。わたくしも旦那様に助けてもらうほうが嬉しいと思ったのです。そのことは父も同じだったようで、樋口様のもとにお金を持っていったそうでございます」

　美津が助けられた時、伝右衛門は六郎兵衛に二十両を渡した、と言っていた。何もしなかったはずの六郎兵衛に二十両は多いと思ったが、あれは口止め料だったのだ。

　美津は冷淡な様子で言った。

「ですから、わたくしは樋口様がわが家にお見えにならないのはよいことだと思っております」


　六郎兵衛はそのまま家中の陰でひっそりと生きているように思えたが、不意に注目を集めることになった。

　藩主の永野備前守利景はかねてから武術好きで知られていた。このため諸国武者修行の者が訪れて剣術から槍術、弓術などの腕前を披露した。あわよくば仕官したいのだが、たとえそうでなくとも宿泊して宴席に招かれるだけでもよかったのだろう。

　この時、訪れたのは井野弁蔵という、

　――二階堂流平法
の使い手だった。

二階堂流は、中条流の分派だと言われるが、詳しいことはわからない。ただ、他流

派が兵法と称するのに、二階堂流では、

——平法

としていた。「平」の字をばらばらにすると「一」「八」「十」となっており、横斬り、左右の袈裟斬り、さらに縦横斬りを表し、それぞれ技を会得すると初伝、中伝、奥伝が与えられるのだという。

二階堂流平法を創始した松山主水は、寛永年間、細川家に仕え、剣術を指南した。松山主水は、

——心の一方

という奇怪な術を遣ったという。〈合気遠当ての法〉とも呼ばれる気合術の一種で、この術にかかったものは金縛りにあったように身動きができなくなった。

井野弁蔵は藩主利景の求めに応じて、城内の広場で藩士と立ち合ったが、ことごとく、この〈心の一方〉を使った。

立ち合う藩士たちが弁蔵の気合によって立ち尽くし、そのままなす術もなく打たれていくのを見て利景はしだいに不機嫌になっていった。

藩士たちを倒すにつれ、弁蔵の表情には傲岸なものが浮かんできた。立ち合う時の気合も、

どっこい
ほらさ
と餅つきのかけ声めいて、藩士たちを子供のように嘲弄しているのは明らかである。

利景は側近に、

「誰ぞ、あの増上慢な男を懲らしめる者はおらぬのか」

と告げた。側近はあわてて他の家臣たちと諮った。この時、圭吾も広場にいた。もしかすると、自分に出よという声がかかるかと緊張した。

〈心の一方〉を見たのは初めてのことで、どうすればいいのかわからないだけに不安だったが、命じられれば出るほかないと覚悟した。

側近たちの相談は続き、ひとりの男が、

——樋口六郎兵衛
の名をあげた。寡黙で目立とうとしない六郎兵衛を知っている者はいなかったが、剣の技の噂だけは聞いていた。

直に知っている者が少ないだけに却って、樋口がよかろう、と決まり使いの者を走らせた。幸いなことに六郎兵衛は郡方奉行所に村廻りから戻ってきていた。

使いの者から話を聞いた六郎兵衛は、わたしなどではとても勤まりません、と弁蔵

との立ち合いを拒んだ。しかし、使いの者から、

「上意であるぞ」

と言われると、やむなく承知した。さらに、弁蔵が〈心の一方〉を使って、立ち合った相手をでくのぼうのようにして打ち据えた、という話を聞くと、表情を厳しくして支度を急いだ。

六郎兵衛は広場に駆けつけるなり、刀の下げ緒で襷をかけた。だが、弁蔵の前に進み出たときは、木刀を持たず、素手のままだった。

利景が思わず、

「なぜ木刀を持たぬ」

と声をかけても、片膝をついて頭を下げただけで無言である。利景が苛立って見つめる中、弁蔵は、

「無手で驚かそうという奇策でござろうが、それがしには無駄でござるぞ」

と嘲るように言った。

しかし、六郎兵衛は何も言わずに弁蔵を見つめている。その様はあたかも呆けたかのようだ。

弁蔵は顔をしかめると、木刀を構えて腰を落とした。六郎兵衛はゆっくり立ち上が

ると、そのまま弁蔵に歩み寄っていく。

弁蔵は目を瞠った。

何も持たない手をぶらりと下げて近づいてくる六郎兵衛を見つめ、青ざめた。木刀を左手に持ち、右手を前に突き出して、

きえい

と気合を発した。〈心の一方〉である。だが、六郎兵衛の歩みは止まらない。ゆらりと弁蔵に近づく。

弁蔵は、きえい、きえい、と気合を続け様に発したが、六郎兵衛の足を止めることはできずに、うろたえて木刀を構えた。

間合いに入った六郎兵衛は腰を落とした。弁蔵に向かって左足を出し、右足を引いて斜めに構え、肩を丸くし、やや猫背気味の構えをとった。

あたかも獲物を狙う猫のようだった。

焦りの色を浮かべていた弁蔵は地面を蹴って打ちかかった。六郎兵衛は体を沈めてかわしながら、弁蔵の懐に飛び込んだときには腕をつかまえていた。ぐい、とひねりあげると、弁蔵の体勢が崩れた。

六郎兵衛は腰を入れて、右足を弁蔵の足にからめると大きく撥ね上げた。弁蔵の体

は宙を飛んで地面に叩(たた)きつけられる。

弁蔵はうめきながらも立ち上がろうとしたが、六郎兵衛がいつのまにか木刀を奪い取っていた。鋭い目をして木刀を弁蔵ののどもとに突きつけ、

「いかがじゃ」

と言った。弁蔵は血走った眼で、六郎兵衛を睨(にら)みつけて無念そうに口を開いた。

「参った」

六郎兵衛はうなずいて、

「妖(あやかし)の術で未熟の者を誑(たぶら)かして得意になっておると剣の技は落ちる。愚か者め」

と吐き捨てるように言うと、木刀を捨て、利景に一礼した後に広場から歩み去った。

圭吾は息を呑み、一語も発することができなかった。

広場の藩士たちもしんと静まり返って、去っていく六郎兵衛を恐ろしいもののように見送った。

井野弁蔵は面目を失って城を後にしたが、そのまま領外には出なかった。ひそかに機会をうかがって、六郎兵衛が郡方奉行所から夕刻退出した際、薄闇の中で背後から襲いかかった。

六郎兵衛は振り向きもせずにとっさに身をかわした。その瞬間には抜き討ちに弁蔵を斬り捨てていた。

弁蔵はうめき声をあげて地面に倒れた。

その様子を通りがかった藩士が目撃したが、あたかも薄闇の中を跳梁(ちょうりょう)する魔物の闘いのようだった、と話した。

## 五

六郎兵衛が弁蔵を広場で打ち据えたことはさほど家中で語られることもなく、忘れられた。

六郎兵衛は襲ってきた弁蔵を斬り捨てており、そのことがやむを得ないとわかってはいても、ひとを斬った六郎兵衛を気味悪く思うものが多く、武勇を称(たた)えるということはなかった。さらに六郎兵衛が弁蔵を広場で倒した際、

「未熟の者を誑かし——」

と言ったことが、

「われらを未熟者というのか」

とそれまで弁蔵と立ち合った藩士たちの反感を買った。利景に、

「樋口六郎兵衛は剣の腕は立ちますが、礼をわきまえておりませぬ」

と訴える者もいた。利景はこの訴えに耳を貸したものの、六郎兵衛を咎めはしなかった。それでも、

「殿は六郎兵衛を不快に思っておられる」

と囁かれた。そして六郎兵衛の地味な人柄が、周囲の者にはしだいに、

――陰気である
と受け取られるようになっていった。弁蔵を斬ったことも、六郎兵衛に禍々しい印象を与えることになったのだ。

圭吾はそんな評判を聞くにつけ、六郎兵衛のために心を痛めた。だが、しばらくすると六郎兵衛の思いがけない噂を耳にした。

六郎兵衛が、今村帯刀と対抗する次席家老、沼田嘉右衛門の派閥に入ったというのだ。

そのことを圭吾に教えたのは、意外なことに美津だった。

「樋口様は沼田様の派閥に入られたそうです。ご用心なさらぬと、と父が申して参りました」

非番の日、屋敷で美津に言われて圭吾は眉(まゆ)をひそめた。家中の争いからは無縁なところで生きているような六郎兵衛が、なぜ派閥に入ったのだろうか。それとともに、津島屋伝右衛門がなぜ六郎兵衛が沼田派に入ったことを知っているのだろうか、と訝しく思った。

「津島屋殿はどうしてそんなことを知っておられるのだ」

圭吾が訊くと、美津はあっさりと答えた。

「近頃、樋口様はお金に困っておられるようです。それで、父のところに借金をしに来られました」

思いがけない話に顔をしかめて、圭吾は重ねて訊いた。

「津島屋殿は金を貸したのか」

美津はゆっくりと頭を振った。

「樋口様は三十両ほど貸して欲しいと頼まれたそうです。なんでも樋口様の奥方が病でお金がいるというお話だとか。父は軽格の方が返すことができるお金ではないからと断りました。ですが、その後、樋口様がどうされるかをひとを使って探っていたところ、沼田様の派閥に入られたことがわかったそうです」

圭吾は苦い顔になった。

「津島屋殿にとって三十両はたいした金ではあるまい。樋口殿が奥方の病で困っておられるのなら、貸してもよかったのではないかな」

美津は真剣な表情で圭吾を見つめた。

「お金のことはたしかにそうでございますが、父は樋口様が旦那様にとってよくない方だと思っているのです」

「わたしにとってよくない、とはどういうことだ」

首をかしげる圭吾に、

「樋口様はわたくしを浪人者たちから助けた功を旦那様に譲られました。そのことをいまでは後悔し、旦那様を嫉むようになっておられるのではないでしょうか。だからこそ、祝言にお見えにならなかったのではないかと思います」

美津は考えながら言った。

「樋口殿はそのような方ではない」

圭吾はきっぱりとはねつけた。だが、六郎兵衛にはどこかしらひとに打ち明けられぬ翳りのようなものがある。

そのことが六郎兵衛を不運へと誘っていくのではないか。そんなことを圭吾は思った。

美津と六郎兵衛のことを話した翌日、圭吾は帯刀から呼び出されて御用部屋に行った。

帯刀は下僚と何事か話していたが、圭吾が中に入ると、話を打ち切り、下僚を下がらせた。

御用部屋に圭吾と帯刀のふたりだけになる。

五十歳過ぎで、瘦せて目つきが鋭い帯刀は声を低めて、近う参れ、と言った。圭吾が膝行して傍に寄ると、帯刀は押し殺したような声で、

「聞いたか。樋口六郎兵衛が沼田派に入ったそうだ」

と告げた。

圭吾はうなずく。

「さように聞いております。樋口殿は近頃、奥方が病で金がいるのだそうです。ひょっとすると、沼田様は金を用立てて派閥に入れたのではありますまいか」

圭吾は暗に六郎兵衛が望んで沼田派に入ったのではない、と帯刀に伝えようとした。もし、帯刀から対策を聞かれたら、六郎兵衛に金を用立ててでも、こちらの派閥に入れるべきだ、と進言しようと思っていた。

だが、帯刀はそのことに関心を示さずに、

「樋口を沼田が自分の派閥に引き入れたとは、容易ならぬことだぞ。おそらく狙いはひとつしかあるまい」

と言った。帯刀の口調には怯えがある。圭吾は緊張した。

「狙いとは何でしょうか」

「決まっておろう、わしを斬ろうというのだ」

帯刀は目をぎらつかせた。

「まさか、そのような――」

圭吾は愕然とした。

これまで、派閥の争いで藩士が斬り合いになり、死人が出たこともあったが、派閥の領袖が狙われたことはない。そこまですれば、派閥の対立が争乱になるため、暗黙の了解となっていた。

だが、帯刀は目を据えて言い添えた。

「考えてもみよ、樋口は弁が立つわけでもなければ、日頃、村々をまわっているだけが取り柄の男だ。樋口を派閥に入れるのは、奴の剣の腕を使うためだ。狙いはわしの首しかあるまい」

帯刀の言うことはもっともだ、と圭吾は思った。六郎兵衛が刺客になれば、防げる者は藩内にはいないだろう。

そんなことを圭吾が考えているのを見抜いたように、帯刀は、

「ここは、ひとつ、お主(ぬし)に役立ってもらわねばならぬぞ」

と言った。

「わたしに役立てとは、どういうことでございましょう」

当惑しながら圭吾は訊く。

「決まっておろう。わしの護衛役だ。樋口は正木道場の天狗(てんぐ)と言われたそうだが、お主も隼(はやぶさ)などと呼ばれたそうではないか」

「そう仰(おっしゃ)られましても、わたしは到底、樋口殿には及びません」

圭吾は正直に言った。

そうか、とつぶやいて腕を組んだ帯刀は、しばらく考え込んでから口を開いた。

「何人だ」

「はっ？」

「樋口からわしを守るための護衛はそなたの他、何人必要だ、と訊いておる」

帯刀はじっと圭吾を見つめている。圭吾はやむなく、

——三人

と答えた。

帯刀のまわりを自分を含めて四人で固め、いざという時、ふたりが六郎兵衛と闘い、残るふたりが帯刀を守って逃げるしかない、と思った。

帯刀はうなずいた。

「よし、さっそく今日からわしの身辺はそなたと三人の者で守ってもらおう」

そう言った帯刀は、三人の名をすぐにあげる。

藤尾兵四郎（ふじおへいしろう）
牧野小十郎（まきのこじゅうろう）
早瀬源太（はやせげんた）

いずれも家中で剣の使い手として知られた男たちだ。どうやら、帯刀はとっくに圭吾を入れた四人を護衛にしようと考えていたらしい。

圭吾は帯刀に気づかれないようにため息をついた。たとえ四人でかかっても、六郎兵衛にはとてもかなわないことを知っていたからだ。

圭吾が帯刀の護衛を務めるようになって十日がたった。

護衛と言っても、登城と下城の際、帯刀の供をするだけである。それでも圭吾が他の三人とともに、帯刀のまわりを物々しく固めて歩いていると、すれ違う家中の者たちは皆、目を伏せた。

帯刀が警戒していることがわかれば、沼田派も襲うことを諦めるかもしれない、と圭吾は思った。

そんなある日、執政会議が長引いたため、帯刀の下城が夜遅くになった。

圭吾は提灯を持って一行の前に出た。

その時、野犬が遠くで吠えるのが聞こえた。その鳴き声はけたたましい。

(何かいるのだろうか)

圭吾は用心しつつ前へ進んだ。

それでも、まさか襲われることはあるまいと思っていた。だが、そんな考えは一陣の風とともに吹き飛んだ。

黒い風が吹きつけたと感じた瞬間、圭吾や他の三人が手にしていた提灯がそれぞれ斜めに斬られて灯りが消えた。

「曲者――」

圭吾は帯刀をかばって刀を抜くと、闇の中にひとの気配をうかがった。しかし提灯が消えた時、風が吹いた、と感じさせただけで、あたりにそれらしい気配はない。

(どういうことだ――)

圭吾は不気味に思いつつも帯刀に、

「こちらへ」

と声をかけて足を速めた。

その時、

――ううっ

とうめいて、横にいた藤尾兵四郎が片膝をついた。脇腹(わきばら)を手で押さえている。

「どうした」

圭吾が振り向くと、藤尾はあえぎながら、

「やられた。奴は気配を消して斬ってくるぞ」

と言うなり、どうと倒れた。

牧野小十郎と早瀬源太も刀を抜いた。

あたりをうかがっていると、ごうっと音をたてて再び黒い風が吹いた。小十郎が風に向かって斬りつけたが、そのまま声もあげずに転倒した。

「牧野殿――」

圭吾が呼んだが起き上がろうとしない。黒い風は刀を打ち合わすこともなく、斬ってくるのだ。

その早業は恐るべきものがある。

（六郎兵衛殿だ——）

圭吾は戦慄した。

四人で警護すれば、と思っていたが、たちまちのうちに二人を倒された。刺客としての六郎兵衛は圭吾が想像したよりも、はるかに手練れのようだった。

その時になって帯刀が、

「何をしておる。曲者を斬り捨てろ」

と悲鳴のような声で叫んだ。その声を嘲るように、黒い風がまた吹きつけてくる。うめき声とともに、早瀬源太が倒れた。

圭吾は帯刀を背にかばい、正眼の構えをとった。

目の前の闇が熱く膨らんでくる。

圭吾は、気合を発して闇に向かって斬りつけた。刀が弾き返され火花が飛んだ。さらに闇の中から白刃がきらめいて斬りつけてくる。

がきっ

がきっ
圭吾は斬り結びながら、相手の刀が異様に長いことに気づいた。

三尺三寸の長剣である。

(六郎兵衛殿の刀だ)

圭吾は闇の中で闘っている相手が六郎兵衛なのを確信した。それとともに、相手の斬り込みに記憶があった。

間近から居合での長剣による斬り込みである。いつの間にか、かつて六郎兵衛と稽古をしたときの呼吸が蘇ってきた。

六郎兵衛は首筋や頬すれすれに斬りつけながら、決して圭吾に怪我(けが)をさせることがなかった。稽古のおりの、

——動くな
という六郎兵衛の言葉が聞こえてきた気がする。圭吾は刀を振るいつつも、闇の中からの斬り込みを避けようとはしなかった。

一寸の見切りで、すんでのところで刀が止まるのがわかっていた。しかも圭吾が刀を振るいつつ、相手の斬り込みを受けると、あたかも凄(すさ)まじい斬り合いが行われているかのようだった。

やがて、闇からの斬り込みが止まった。闇の中から圭吾を見つめている視線を感じる。

やさしく、いとおしむかのような視線だ。あるいは、圭吾が斬り込みをしのいだことを讃(たた)えているのかもしれない。

圭吾は刀を正眼に構えて、

りゃありゃあ

と気合を発した。

闇の中の気配がふっと消えた。

## 六

刺客に襲われたことに激怒した帯刀は、目付に探索を命じた。

藤尾兵四郎と牧野小十郎、早瀬源太の三人はそれぞれ脇腹や肩、太腿(ふともも)に怪我を負っていたが、命に関わるほどではなかった。

帯刀は曲者から守ってくれた圭吾を称賛するとともに、

「どうじゃ。襲ってきたのは樋口六郎兵衛であっただろう」

と訊いた。だが、圭吾は頭を振って答えた。

「曲者は闇に紛れて襲ってきました。顔もわかりませんでしたから、樋口殿と断定するわけにはいきません」

実際には、闇から振るわれたのが長剣であり、斬りつけてきた呼吸から六郎兵衛に違いないと圭吾にはわかっていた。

だが、そう言わなかったのは、六郎兵衛が本気で圭吾を斬ろうとはせず、刺客としての任務を諦めて闇に消えたからだ。

(六郎兵衛殿はわたしをかばってくれた)

闇の中の刺客から圭吾が感じたのは、温かい情だった。

帯刀も、刺客と凄まじい斬り合いをして自分を守ってくれた圭吾に、それ以上のことは言えなかった。

圭吾が断定しないため、目付も六郎兵衛を取り調べるわけにもいかず、刺客が何者だったかわからないままになった。それでも、六郎兵衛には理由は明らかにされないまま謹慎が命じられた。

やがて、六郎兵衛が沼田派から追い出されたという噂が圭吾の耳に入ってきた。

六郎兵衛が帯刀の襲撃に失敗すると、嘉右衛門は、

「役立たずめ」

と言って、六郎兵衛を追い出したらしい。

その話を聞いて、これで六郎兵衛は派閥の争いに関わらずに生きていけるだろう、と圭吾はほっとした。

同時に、圭吾は帯刀を襲撃から守ったことで、派閥での地位もあがっており、六郎兵衛とはさらに隔たりができていくようだった。

圭吾はそのことを寂しいと思った。

ひと月たって事態が落ち着いたころ、圭吾は六郎兵衛を訪ねた。

城下でも軽格の藩士たちの屋敷が並ぶ明神町に、六郎兵衛の屋敷はある。圭吾が玄関に立ち、訪いを告げたが、応じる声は無かった。

どうしようかと思っていたら、裏手の方から薪を割る音が響いてきた。中庭を通って裏手にまわると、六郎兵衛がもろ肌を脱いで、見事な肉付きの姿で薪を割っていた。六郎兵衛が斧を振るうと薪が真っ二つに割れて行く。その様に圭吾は黙って見惚れた。

六郎兵衛は斧を振り下ろしつつ、

と声をかけた。圭吾はどきりとしたが、

「三浦殿ですか」

と応じた。六郎兵衛は斧を下ろすと、傍らに置いていた手拭(てぬぐ)いで体の汗をふき、着物に肌を入れてから振り向いた。

「さようです」

やや恥ずかしそうに微笑(ほほえ)んだ六郎兵衛は、

「ようお出(い)でくだされた。わたしの家に三浦殿がお見えになるとは思いもよりませんでした」

と言った。圭吾は頭を下げる。

六郎兵衛が刺客として帯刀を狙ったことにはふれてはいけない。そのことは、圭吾にもわかっていた。

「謹慎されていると聞きました。いかがお過ごしですか」

訊(き)くと、六郎兵衛は、まず上がられよ、と圭吾を案内した。いったん玄関に戻って屋敷に上がった圭吾は、奥座敷に通された。

屋敷には家人だけでなく、女中や家僕もいないのか、しんと静まり返っている。圭吾が座ったところに、六郎兵衛は自ら支度したらしく茶を持ってきた。

「これは、恐れ入ります」

圭吾が恐縮すると、六郎兵衛は何気なく口を開く。

「実は家内が病で亡くなりました。わたしひとりならば、女中も家僕もいりませぬので暇をとらせました」

「奥方は亡くなられたのでございますか」

圭吾は眉をひそめた。

「さよう、わたしの妻となってしばらくしてから胸の病となりました。妻の実家や親戚はわたしに嫁いで貧しい暮らしをしたゆえであろう、と言いましたが、妻の千佳はさようなことはひと言も口にいたしませんでした。よき妻でございました」

六郎兵衛は淡々と言う。

「そうだったのですか」

圭吾は何も返すことができなかった。

六郎兵衛は、妻の病で金に困り、津島屋に借金を申し込んだが断られたと聞いていた。だから、金のために沼田派に入り、帯刀への刺客となったのではないか。

もし、圭吾が護衛をしていなければ、六郎兵衛は暗殺を成し遂げていただろう。

その後、六郎兵衛は少なくとも沼田派から金をもらい、妻の薬代とすることができたのではないか。胸の病とあれば、少々の金で助けられるとは思えないが、それでも十分な手当てをして妻の最期を看取ることができただろう。

しかし、暗殺を成し遂げられなかった六郎兵衛は悔恨に苛まれながら、妻の枕元にいたのかもしれない。

「申し訳ございませんでした」

圭吾が頭を下げると、六郎兵衛は驚いたように目を丸くした。

「三浦殿が謝られることは何もありませんぞ。妻を病で死なせたのは親戚の者たちが申す通り、わたしが不甲斐なかったからです」

「樋口殿は奥方様のために懸命になさいました。わたしにはわかります」

圭吾が慰めるように言うと、六郎兵衛は手を振った。

「とんでもございません。わたしは妻の最期を看取りましたが、何もしてやれませんでした。いまは申し訳ないと思うばかりです。それに――」

六郎兵衛は何か言いかけて口をつぐんだ。

「何があったのですか。お話しください」

圭吾は六郎兵衛に顔を向けてうながした。六郎兵衛はため息をついて言葉を継いだ。

「お話しいたすようなことではないのですが、わたしが枕元で看病しておりますと、妻はある時わたしに、ありがたい、と言いつつ、それでもわたしが本当はこんなことはしていたくない、という心持ちなのがわかる、と申しました」

「まさか、そのような——」

「いえ、決して恨みがましい言い方ではありませんでした。あの時すでに妻の魂はあの世に行っていたのかもしれません。清々（すがすが）しく、あきらめたように、わたしの心は別なところにあると言ったのです」

六郎兵衛は悲しげに言う。

「もちろん、さようなことはない、と言われたのでしょうね」

圭吾が確かめるように訊くと、六郎兵衛はうなずいた。

「言うまでもないことです。わたしはその時、妻が助かってくれればいいとだけ思っておりましたから。少なくとも自分ではそう思っていたのです。しかし、妻は寂しげにあなたはいまもどこかへ飛び立っていきたいと思っている、飛ぼうとしてもがく翼のざわめきがわたしには聞こえる、と言ったのです」

「翼のざわめきが——」

圭吾は思わず、六郎兵衛の言葉を繰り返した。

「さようです。わたしには思いもよらぬことでした」

「樋口殿が奥方のそばでなく、他のところに飛んでいこうなどと思われるはずがありません」

圭吾は力を込めて言った。六郎兵衛はじっと圭吾を見つめる。

「さように思われますか」

圭吾は目をそらして、

「思います」

と短く答えた。六郎兵衛はうなずいた。

「そうなのです。妻は病の熱にうかされて、ありもしない妄想を口にしてしまったのでしょう」

いったん言葉を切ってから、ぽつりと、まことに哀れでございました、と六郎兵衛はつぶやいた。

この日、圭吾は妻を亡くした六郎兵衛に悔やみの言葉を述べただけで辞去した。圭吾が去るとき、六郎兵衛はわずかに笑みを浮かべて見送った。

この年の夏、思わぬ事件が起きた。

六郎兵衛と、かつて帯刀の護衛を務めた藤尾兵四郎と牧野小十郎、早瀬源太が決闘し、藤尾たち三人が斬られて死んだのだ。

帯刀が襲われた時に負傷した藤尾たちは、傷が癒えた後、六郎兵衛に復讐しようと話し合ったらしい。

襲撃事件で負傷した三人に対して帯刀は労をねぎらうどころか、

「三浦圭吾がいなければ、わしの命は危うかった。護衛が何というざまだ」

と罵った。

三人は屈辱を感じ、こうなったからには、刺客であった六郎兵衛を斬るしかないと考えたのだ。三人は六郎兵衛を訪れて、

「お主に遺恨がある。

とだけ言って、大手門近くの桜の馬場まで呼び出して斬り結んだ。この時、三人はひとりずつ立ち合うのではなく、いっせいに六郎兵衛に斬りかかった。

単独では六郎兵衛にかなわないと知っていたからだ。しかし、六郎兵衛は斬りかかる三人を巧みにさばいてひとりずつ斬った。

三人を倒した六郎兵衛は目付に届け出た。目付はすぐに馬場に駆けつけ、三人の遺骸をあらためた。三人はいずれも一太刀で絶命していた。

目付は六郎兵衛に、

「これほどの腕があれば命を奪わずともあしらえたのではないか」

と質した。しかし、六郎兵衛はゆるゆると頭を振って答えた。

「いや、三人ともなかなかの手練れでございました。斬らねばこちらが斬られておったと存じます」

六郎兵衛と三人の決闘については、執政たちの評定にかけられた。

帯刀は、城下での決闘騒ぎは藩法に背くとして、六郎兵衛の斬首を主張した。だが、沼田嘉右衛門はさすがにかつて自分が放った刺客である六郎兵衛をかばった。

六郎兵衛と三人の決闘は兵法自慢による争いだとして、六郎兵衛を遠島にするかわり、三人の家名の存続を認めた。

帯刀も刺客の一件を蒸し返すのは得策ではない、と見て六郎兵衛の遠島に同意したのだった。


六郎兵衛が遠島になって十年の月日が流れた。

いまや、圭吾は三十歳を過ぎ、六歳の息子と四歳の娘に恵まれていた。六郎兵衛は四十代になっているはずだ。

六郎兵衛が帰ってくると聞いて、圭吾は憂鬱な気持が日々募っていく。

そんなある日、圭吾は帯刀に呼び出された。

御用部屋に行くと帯刀がひとりでぽつんと座っていた。十数年にわたって藩政を動かしてきた帯刀だが、近頃は病勝ちで痩せてきており、気力も衰えているようだ。

一方、沼田嘉右衛門はでっぷりと太って貫禄を増し、帯刀が隠退した後の主席家老の座を虎視眈々と狙っている。

かつて津島屋の娘の美津を娶り、藩の実力者である帯刀に気に入られて前途洋々としていたかに思えた圭吾だが、いまでは出世の道に暗雲が漂い始めていた。

六郎兵衛が島から帰ってくると聞いて不安を感じたのは、そんな自身の危うさもあってのことだったかもしれない。

圭吾が前に座ると、帯刀は大儀そうに、

「樋口のこと、聞いたか」

と訊いた。

「島から戻られると耳にしました」

「そうだ。わしは反対したのだが、沼田に押し切られた」

帯刀は無念そうに言った。

「沼田様は何を考えておられるのでしょうか」

圭吾は首をひねった。

「わからぬな。いまさら、わしへの刺客として樋口を使おうというのではあるまい。もし考えられるとしたら」

帯刀は言葉を切って、ごほんと咳をしてから、

「お主だな」

と言い添えた。

「まさか、なぜ、わたしなのですか」

圭吾は目を瞠った。

「わしが隠退すれば、沼田が主席家老となる。これは止められぬ。だが、わしの派閥にいる者たちはその先を考えるのだ。沼田もすでに六十だ。いずれ身を退かねばならぬ時がくる、その時に備えるためには、派閥の領袖に若い人材を迎えるべきだ、ということになる。お主なら奥方の実家が津島屋だけに懐も豊かで金回りがよい。お主の派閥ならひとが集まるぞ」

圭吾は苦笑した。

「わたしは派閥を持つような器ではございません。さようなことは荷が重すぎます。到底、かないません」

「お主の器がどうであろうと、わしの派閥の者たちにとっては関わりがないのだ。沼田が主席家老になれば、こちらが冷や飯を食わされるのはわかっておる。二年や三年はしかたがないと諦めるだろうが、十年後にはどうにかしたいと考える。そのためには、お主を派閥の領袖としてかつごうということになる」

確信ありげに帯刀は言った。

「ですが、わたしが受けないと言えばそれまでではございませんか」

「そうはいかぬ。皆、必死で生き残ろうとするからな。もし断れば、お主は皆の憎しみを一身に受けることになる。それはお主の子にまで及ぶぞ。どうあがいても逃げられる話ではないのだ」

諭(さと)すように帯刀に言われて、圭吾は眉を曇らせた。

派閥を持つことなど望みはしないが、かといって沼田嘉右衛門が主席家老になれば、かつて沼田派の刺客を退けた圭吾も目の仇(かたき)にされるだろう。

もし、自分の身を守ろうと思うのなら、派閥を持ってまわりを固めるしかないのかもしれない。

帯刀はじろりと圭吾を見た。

「まあ、わしの派閥を引き継ぐかどうかは、お主の勝手だが、沼田はそうなると見越して手を打ってきたのかもしれぬ。樋口を島から呼び戻して、お主への刺客として使うつもりなのではないかな」

「まさか、さような。樋口殿はわたしにとって道場の先輩でもあり、親しく交わって参りました。わたしへの刺客になどならないでしょう」

圭吾が笑うと、帯刀は、果たしてそうかな、と低い声で不気味に言った。

「なぜ、さように思われますか」

圭吾は不安になって訊いた。

帯刀はあごをなでながら話を続けた。

「わしは襲われたとき、刺客は樋口に違いないと思った。だが、お主はそうだ、とは断定しなかった。道場で稽古した仲であれば、立ち合ってわからぬはずがない。それなのに、なぜわからぬと言うのか不審だった」

帯刀に睨まれて、圭吾は思わず顔を伏せた。帯刀は無表情なまま、さらに淡々と言葉を継いだ。

「それで考えてきたのだが、藤尾兵四郎と牧野小十郎、早瀬源太といういずれも藩内で剣術達者で知られた者たちをあっさりと斬ってのけた刺客がお主に手こずって暗殺を諦め、姿を消したのは妙ではないか。あの時、刺客はそなたにだけ手加減したのではないかと思うのだが、どうじゃ」

圭吾も顔の表情を消して、

「さようなことはございませんでした。ご家老も、あのおりのわたしと刺客の斬り合いはご覧になったはずです。手加減などということはございませんでした」

と力を込めて言った。帯刀は大きくうなずく。

「わしもそう思うたゆえ、わざわざ詮議立てはしなかった。しかし、いまとなってみれば、あの斬り合いは厳しい稽古を経たうえでなら、形としてできたかもしれぬと思うようになったのだ」

「ご家老——」

圭吾はたまりかねて呼びかけたが、何も口にできず、背中はびっしょりと汗で濡れていた。

「いや、わしにとってはいまさら、どうでもよい話だ。だが、もしそうだとしたら、お主に手加減した樋口はそのために暗殺をしくじり、沼田派を追われたうえ、藤尾たち三人の恨みを買って決闘したあげく島流しとなったのだ。お主を恨むようになっていても不思議はないのではないか。沼田はそこに目をつけて、樋口を島から戻すことにしたのかもしれんぞ」

帯刀は薄く笑った。圭吾は額に汗を浮かべた。

「ということは――」

「そうだ、樋口六郎兵衛はお主への刺客として帰ってくるのかもしれん、ということだ」

帯刀はくっくっと声に出して笑った。

七

樋口六郎兵衛が城下に戻ってきたのは、夏の暑い盛りだった。

陽射(ひざ)しが焼けるようで、昼間、城下のひと通りが絶えたころ、笠(かさ)をかぶり、埃(ほこり)で薄汚れた黒い着物にしおたれた袴姿(はかますがた)で草鞋(わらじ)履きの武士が、ゆっくりと街道からの道を歩いてきた。

髭面(ひげづら)で、島で暮らしていたにしては青白い首筋から胸元にかけてが、いかにも汗臭そうだった。腰には脇差だけで、長刀は下げ緒を持って肩越しにぶら下げている。

あたかも大工が道具を背にかけているのと同じようだった。その様を見ただけでも、六郎兵衛がすでに武士としての矜持(きょうじ)を失い、無頼と変わらぬ暮らしをしてきたのは見てとれた。

六郎兵衛は城下を通り過ぎて宝泉寺村に入った。この村の赤羽山の麓にある宝泉寺を訪ねた六郎兵衛は、遠縁にあたるらしい祥雲和尚に頼み込んで寺男として置いてもらうことになった。

祥雲和尚は気が進まなかったらしいが、六郎兵衛の様子を見て、見捨てればどこかでのたれ死ぬであろう、と思うと置かないとも言いかねたようだ。

六郎兵衛は月代を剃らずに総髪で、顔は髭に覆われていた。

祥雲はむさくるしいからと、自ら剃刀を持って髭をあたってやった。すると、十年たってもさほど面差しが変わらず、やや頬がこけ、あごの尖った顔が現われた。

六郎兵衛は、時折り、こほっ、こほっと咳をした。

六十過ぎで白いあご鬚を生やした祥雲は白い眉をひそめて、

「そなた、労咳か――」

と訊いた。

「島では医者に診てもらえませんから、わかりませんでしたが、おそらくそうでしょうな」

六郎兵衛は淡々と言った。

「そうか。ならばここにいるのがよいな。すくなくとも弔いだけはしてやれるからな」

「さよう、そう思っておりました」

六郎兵衛はかすかに笑った。祥雲は目をそらして、

「死ぬつもりで戻ってきたのか」

と言った。

六郎兵衛は頭をゆっくり横に振った。

「いえ、恥ずかしながら、命に未練があります。少しだけでも生きられるものなら生きたいと思って帰ってきました」

祥雲はじっと六郎兵衛を見つめた。

「ふむ、ひとは不思議なものだな。そなた、妻も子もあるまい。それでも生きる未練は断ち切れぬか」

「それがしは、親無く、妻無く、子無く、家無く、夢無く、そして友も無いゆえ、六無斎と号しようかと思っております」

祥雲はそうか、とうなずいた。

「すべてこの世は無であると悟れば、少しは生きやすくなるというものだ。六無斎と

は良き名だ」

「恐れ入ります」

六郎兵衛は頭を下げた。

この日から祥雲は、

——六無殿

と呼んで当たり前のように寺男としての仕事を命じた。もちろん給金などは出さず、ただ寝るところと三度の食事を与えただけである。

それでも祥雲は日々、六郎兵衛に馴染み、よく話をするようになったが、村人たちは白眼視して、六郎兵衛が道を歩いていても声もかけない。

そんなおとなたちの気持が子供たちに伝わる。子供たちは六郎兵衛を見かけては、流罪人だの人殺しだのとはやし立てた。だが、六郎兵衛が振り返らないでいると、道にころがっている馬糞を棒きれに引っ掛けて六郎兵衛に向かって投げつけた。

背を向けて歩いている六郎兵衛だったが、馬糞が飛んでくるのがわかるのか、ゆらりゆらりと体をかわした。それでも飛ばされた馬糞は宙でばらばらになり、風に吹かれて六郎兵衛の頭や肩にかかった。

その様を見て子供たちは笑ったが、六郎兵衛は気にする風もなく頭や肩の馬糞を手で払うだけで平然としていた。

そんな六郎兵衛を、あるときから、子供たちは、

――青鬼
と呼ぶようになる。

それは間もなく秋になろうとするころだった。

村道で村の子供たちが遊んでいたところ、どうしたのか、大きな黒牛が田んぼを突っ切って駆けてきた。暴れ牛を取り押さえようとする百姓たちを、黒牛は凄まじい鼻息とともに次々に角にかけて走った。

子供たちはてんでに逃げたが、五、六歳の女の子がひとり、転んで起き上がれなくなった。

暴れ牛は迫ってくる。女の子が悲鳴をあげた時、女の子と牛の間に、黒い着物に袴をつけた六郎兵衛がふらりと立った。

「お侍様、助けて――」

女の子が叫ぶと、六郎兵衛は振り向かずにうなずいた。そして腰を落とした。

この日は珍しく両刀を腰に差していた。

暴れ牛が迫った瞬間、六郎兵衛の腰から光が走った。

六郎兵衛の刀は牛の鼻筋を横に斬ったかと思うと、牛が戸惑った一瞬を狙って返す刀を振りかぶり、牛の頭蓋に真正面から拝み打ちに斬りつけた。

暴れ牛の頭に赤い筋が走り、ぐらぐらと体が揺れ、地響きを立てて横倒しになる。

六郎兵衛は残心の構えをとっていたが、咳き込んで苦しげに片膝をついた。それから、よろよろと立ち上がる。倒れている女の子をちらりと見て無事なのがわかると、声もかけずに歩き出した。女の子が、

「お侍様、ありがとうございます」

と甲高い声で叫んでも振り返らなかった。六郎兵衛の凄まじい剣技を見た子供たちは畏怖の念も込めて、

——青鬼

と呼ぶようになったのだ。

子供たちは、それ以降、悪口を浴びせたり、馬糞を投げつけることもなくなった。何となく遠巻きにして、六郎兵衛を見ている風だった。

六郎兵衛が宝泉寺村に入って三月ほどたったころ、圭吾が宝泉寺を訪れた。

ちょうど、六郎兵衛は裏で薪割りをしていた。

圭吾は近づいてから、声をかけずにしばらく、六郎兵衛を見つめていた。

（いつか樋口殿の屋敷を訪ねたときも、かように薪割りをされていたな）

圭吾は十年前のことを思い出す。

六郎兵衛はあのころと変わらずに生きているのではないか。しかし、まわりは皆、変わっていき、六郎兵衛ひとりが取り残されたようにも思えた。それだけに、六郎兵衛の背には孤独が漂っているという気がした。いまの六郎兵衛は一匹の鬼なのかもしれないとも思う。

秋だというのにもろ肌を脱ぎ、斧で薪を割っていく。痩せてはいるが、鍛え抜かれた筋肉はしなやかで、汗ばみ、緊張する様は美しくさえあった。

六郎兵衛はしばらく薪を割った後、斧を置くとかたわらに掛けていた手拭いで汗を拭いてから着物に肩を入れた。その時になって、

「三浦殿、おひさしぶりでござる」

と声をかけて振り向いた。こほっと軽い咳をする。先ほどから圭吾がいることに気づいていたのだ。

「御無沙汰しておりました」

圭吾もあたかも、遠島などなかったかのように挨拶した。

六郎兵衛は圭吾を眩しそうに見る。

「庫裡のそばの小部屋がそれがしの部屋ということになっておりますが、狭すぎて話もできません。本堂の縁側にて話しましょう」

圭吾はうなずいて六郎兵衛の後からついていく。

裏から本堂へまわった六郎兵衛は本堂で勤行していた祥雲に、

「客人でござる。縁側にて話をさせていただく」

と告げた。

祥雲は振り向かずに木魚を叩き、読経している。かまわないということなのだろう。

六郎兵衛は圭吾をうながして縁側に座った。

「十年ぶりですか」

ぽつりと六郎兵衛がつぶやいた。

「さようです。島ではご苦労されたことと存じます」

「さて、われら軽格の者は貧しい暮らしをしておりますから、島に行ってもさほど苦労とは思いません。ただ、知り人がいないのでいささか心寂しゅうはございましたが」

苦笑して六郎兵衛は言った。

「そのためなのですか、六無斎と称しておられると聞きましたが」

圭吾は六郎兵衛の顔をちらりと見た。六郎兵衛が遠島になってどれほどの怨念を抱いて戻ってきたかを知っておかねばならない、と思った。

「さよう、どこで聞かれましたか。親無し、妻無し、子無し、家無し、夢無し、そして友無しの六無斎でござる」

六郎兵衛は自嘲するように言う。圭吾は思い切って、

「かつては、わたしを友だと言ってくださいましたが」

と尋ねた。六郎兵衛は、はは、と笑った。

「それは、三浦殿にとってご迷惑でございましょう」

「いや、迷惑などと思ったことはございません」

圭吾は力を込める。

六郎兵衛が刺客の密命をおびて戻ってきたのだとすれば、かつての親しい交わりを思い出してもらいたい、という気持もあったが、それだけではない。六郎兵衛への友情は紛れもないものであった。

圭吾の顔を見つめた六郎兵衛は、ため息をつきつつ、

「ならばよろしゅうござるが」

とつぶやく。圭吾は話柄を変えた。

「先ほど咳をされていましたが」

「さよう、この寺の祥雲和尚からも言われました。労咳ではないのかと」

六郎兵衛はふふ、と目を伏せた。圭吾は眉をひそめて、

「でしたら、先ほどのように薪割りで汗をかくのはよくないのではありませんか」

「よくないでしょうな」

六郎兵衛はあっさりと言った。

「なぜ、あのようなことをされるのです」

「それは心配していただいておるということですかな」

六郎兵衛は嬉しげに圭吾に視線を戻す。

「無論のことです」

圭吾ははっきりと言い切った。

六郎兵衛は何度かうなずいた後、口を開いた。

「ならば、申し上げましょう。それがしが遠島を許され、城下に戻ったのは、沼田嘉右衛門様がそれがしを三浦殿への刺客にするためだと、家中の噂になっているのではございませぬか」

「はい、その通りです。わたしは有体に申せば、そのことを確かめるために、今日参

ったのでございます」
さようでございましょうな、無理もないとつぶやいてから、六郎兵衛は、
「それは、まことのことなのです」
と言った。圭吾は緊張した。やはり、六郎兵衛は自分に差し向けられた刺客なのか。
六郎兵衛はあわてて手を振った。
「いや、たしかに沼田派の島役人からわたしに話はありました。しかし、わたしはさ
ようなことはしたくない、と断ったのです」
「それなのに、赦免になって島から戻れたのですか」
「わたしに恩を売ったのでしょう。島から城下へ戻ってもわたしは家も妻子もない。
いずれ困窮して泣きついてくるだろうという考えでしょう」
「では、刺客にはなられないのですね」
圭吾はほっとして言った。だが、六郎兵衛はゆっくりと頭を振った。
「いや、わかりませんぞ。ひとは苦しんで追い詰められれば何でもします。少しばか
りまともに生きたいという気持があっても、飢えればすべてを忘れて獣になるでしょ
う。武士ならばその前に腹を切れ、ということになるのでしょうが。わたしは武士と
いうものにも飽き飽きしていますから」

淡々と話す六郎兵衛の言葉には諦念めいたものが漂っていた。圭吾が何も言えずにいると、六郎兵衛は微笑んで、

「三浦殿、もし、わたしが刺客になるのでは、と心配でしたら、いまのうちに斬ってしまいなさい。いまなら島暮らしの疲れも残っているし、労咳だとすると、おそらく剣をとって十分な動きもできないでしょう」

「いや、樋口殿にはとてもかないません。先日も暴れ牛を一太刀で仕留めたと聞いています」

「あれは、まぐれです。幼い女の子が角にかけられそうになっていました。なんとしても助けたくて無我夢中でした。わたしは子供が好きですから」

六郎兵衛は助けた女の子のことを思い出したのか、嬉しげに頰をゆるめる。

「さほどに子供がお好きならば、今一度、奥方をもらわれて子を生されてはいかがですか」

圭吾が言うと、六郎兵衛は縁側から下りて少し歩いてから、

「いえ、わたしは子供を持てない運命なのですよ。死んだ妻にはかわいそうなことをしました」

とさりげなく言った。そして、振り向いて圭吾に笑顔を向けた。

「三浦殿、このひと月の間にわたしを斬ってしまいなさい。いまならきっとできます。そうすればすべてが終わるのです」

圭吾は何も言えずに空を見上げた。

抜けるような青空にうろこ雲が浮いていた。

## 八

翌日——

圭吾は登城して家老の御用部屋に行くと、六郎兵衛が話したことを伝えた。

「そうか。刺客にはならぬが、先のことはわからぬゆえ、いま斬ったほうがいいと申しおったか」

帯刀は片方の眉をあげてつぶやいた。

「さようでございます。とりあえずは静観するしかありますまい」

「しかしだな——」

帯刀は、ごほん、と咳をしてから言葉を継いだ。

「せっかく本人が申しているのだ。いまのうちに斬ってしまってはどうだ。それで後顧の憂いを断てるのだぞ」

帯刀は狡猾そうな目で圭吾を見た。

「何を仰せになります。剣はさようなものではございません。たとえ自分では衰えたと思っていても、命が危うくなれば、樋口殿は必殺の剣を振るうに相違ございません。まして、いまのように生きることへの執着を捨てた無心のときほど恐いと、心得ておかねばならぬでしょう」

「そういうものか」

帯刀は不承不承にうなずく。

「それよりも沼田様の動きを封じる策を施さねばなりません」

圭吾の目が光った。帯刀は膝を乗り出した。

「では、どうする」

「樋口殿は村で、暴れ牛が村の娘を角にかけようとしたところを一太刀で仕留めて助けられたそうでございます」

「何と、暴れ牛を一太刀で仕留めたのか。そなたの言う通り、腕は落ちておらぬのかもしれぬな」

帯刀はうなずいた。

「されば、郡奉行より、庄屋を通じて娘を助けた善行を褒めて、いささか金子を下賜されてはいかがでしょうか」

「褒めるのか――」

驚いた帯刀は目を丸くした。

「これは政ゆえ、おおっぴらに樋口殿に金子を渡すことができます。されど沼田様は、樋口殿がわれらに寝返ったのではないかと疑いましょう」

圭吾は冷徹に話した。帯刀が大きく頭を縦に振った。

「沼田は小心で疑り深い。容易にひとを信じぬ男だから、その策には間違いなくひっかかるであろうな」

「さようです。沼田様の胸に疑念が生じれば、もはや、樋口殿を刺客に用いようとは思われませぬでしょう」

帯刀はぽんと膝を叩いた。

「なるほど、なかなかの名案だな」

「さっそく、郡奉行に命じていただけますか」

圭吾がうかがうように言うと、帯刀は笑った。

「いいだろう。さっそく取り計らおう」

　そして、しばらく考えてから、圭吾に目を向けた。

「しかし、これはこれで、樋口に罠を仕掛けることになるかもしれぬぞ。そのことは承知の上であろうな」

　老練な帯刀の視線から逃れるように、圭吾は目をそらす。

「罠とは何のことでございましょうか」

「決まっておろう。沼田は樋口六郎兵衛がわしに寝返ったと見れば、放ってはおかぬ。自分への刺客として向けられるかもしれぬと疑うぞ。さすれば、小心なあの男は樋口を始末しようと考えるのではないか」

「さて、さようでございましょうか」

　圭吾は当惑したように目を伏せた。その様を見て、帯刀は薄く笑った。

「なに、そなたが心得ているのであれば、それでよいのだ。どう転んでもこちらにとってはありがたいからな。ただ、樋口はかつてわしを襲ったときに、護衛のそなたに恩を売ったような気がしておった。その樋口を罠にかけては寝ざめが悪いのではないかと、案じたまでだ」

　圭吾はやや青ざめた顔で、

「さようなことはございません」

と答えた。

この日、圭吾は下城して裃から着替えた後、居室に茶を持ってきた妻の美津に、六郎兵衛が村の娘を救ったことで郡奉行から褒賞されると話した。美津は目を輝かせて、

「それはよろしゅうございました」

と言った。圭吾は茶を飲みながら訊いた。

「美津は樋口殿が褒められるのはよいことだと思うか」

「はい、あの方はいつも不運な目に遭われ、陽の当たらぬ道を歩いてこられました。それだけに、旦那様のようにご出世される方を嫉まれるのではないかと案じておりました。ですから、あの方がどのような些細なことでもひとに褒められるのはよいことかと思います」

美津は安堵の表情を浮かべている。

「樋口殿は、わたしを嫉まれるようなひとではないと思うが」

「旦那様はご自分が恵まれて、ひとを嫉む立場でないゆえ、さように思われるのでございます。嫉む心はどのように立派な方であっても、やはり心の底にあるのではないかと思います」

美津は目を伏せ、ため息まじりに言った。

「そんなものか。では、もし、此度の褒賞が樋口殿にとって災厄につながるものであったとしたらどうであろう」

圭吾は自分に問うように言う。

「さようなことがあるのでございますか」

美津は目を瞠った。

「もし、あったとしたら、ということだ」

圭吾は無表情な顔を向けた。美津はうつむいてしばらく考えていたが、顔を上げた時には悲しげな面持ちになっていた。

「あの方は憤られると存じます。それも、不動明王様のように。悪しきことをなした者を許されぬでしょう」

「やはりそうか」

圭吾は沈鬱な思いで腕を組んだ。六郎兵衛のためによかれ、と思って考えついたことではあったが、どこかに自分の身を守ろうとする気持があった、と言われれば、違うとは言い切れない。

六郎兵衛が褒賞されれば、沼田派から疑いの目を向けられるであろうことはわかっていた。遠島から戻ったばかりの六郎兵衛を派閥争いに巻き込むことになるのも知っていた。

それなのに、帯刀に策を言ってしまったのは、このままでいることが怖かったからだ。たとえ、島から戻ったばかりで、さらに労咳であったとしても、六郎兵衛の剣技が衰えているとは思えない。

もし、六郎兵衛がその気になったとしたら、自分の命はたちまち吹き消されてしまうだろうという恐ろしさに耐えられなかったのだ。それとともに、六郎兵衛に対してはどのようなことをしても許される、という思いがどこかにあった。

なぜ、そう思うのかは、わからない。

だが、宝泉寺を訪ねたおり、六郎兵衛が言った、

——このひと月の間にわたしを斬ってしまいなさい。いまならきっとできます。そうすればすべてが終わるのです。

という言葉が頭の中で響いていた。

(わたしは六郎兵衛殿に甘えているのだ)

それは少年のころに出会って以来、続いている気持だった。六郎兵衛は圭吾のすべてを許し、常に守ろうとしてくれている。

それに、いままでどこかで頼ってきたのだ。

「わたしは間違っているようだ」

圭吾がつぶやくと、美津は膝を乗り出して圭吾の手をとった。

「いいえ、旦那様は間違ってなどおられませぬ。御家に忠義を尽くそうとされているだけでございます。もし、旦那様がなさることで災厄にあおうとも、あの方はきっとわかってくださいます」

「そうであろうか」

圭吾は美津の目を見た。

「はい、間違いございません」

美津は圭吾を励ますように言った。


十日後――

六郎兵衛は宝泉寺村の庄屋、作右衛門（さくえもん）の屋敷に呼び出された。

何事であろうと六郎兵衛が庄屋屋敷に出向くと、大広間に郡方の役人がふたり来ていた。

作右衛門は六郎兵衛に、先日、暴れ牛から村の娘を救ったことで、郡奉行様より褒賞が下される、ありがたくお受けするように、と伝えた。

六郎兵衛は当惑した。

娘を助けたといっても牛を殺めており、牛の持ち主であった百姓からひそかに憎まれていた。それなのに、褒賞などもらえば、村にいるのが難しくなるかもしれない。

六郎兵衛は手をつかえて、

「恐れながら――」

と言うと、遠島から戻ったばかりの自分が褒賞されるのは、いささか穏当ではないように思う。ご辞退いたすわけには参りませぬでしょうか、と訊いた。しかし年かさの四十ぐらいの郡方が、言下に、

「ならぬ」

と切って捨てた。すると、若い郡方が、

「これは今村ご家老様の肝いりにて決まった褒賞でござる。ありがたくお受けいただかねばなりませんぞ」

とにこやかに言い添えた。

「ご家老の思し召しにございますか」

六郎兵衛はうめくように言った。年かさの郡方がうなずいた。

「さよう、ご家老はそなたの善行を耳にされ、それはぜひとも褒賞いたし、百姓たちの範といたさねばならぬ、と申されたそうな」

「わたしが暴れ牛を斬ったことは、どなたがご家老に伝えられたのでございましょうか」

六郎兵衛が訊くと、年かさの郡方が首をかしげた。

「はて、どなたであろうか」

若い郡方が得意げに口を開いた。

「書院番の三浦圭吾様とお聞きしていますぞ」

年かさの郡方は頭を大きく縦に振る。

「そうか、三浦様と言えば若いが切れ者として知られている。やはり出世される方は違うものだな」

感心したように年かさの役人が言うと、作右衛門が口をはさんだ。

「三浦様なら、宝泉寺に樋口様を訪ねておいでになったことがございます。宝泉寺の祥雲住職が、昔の知己を忘れぬ義理堅いおひとだ、と感心していました」

年かさの郡方はほう、と声を上げると、六郎兵衛に顔を向けた。

「貴殿、三浦様とは知り合いなのか」

六郎兵衛は苦い顔をして答えた。

「同じ道場にて剣の修行をいたしました」

若い役人が興味ありげに聞く。

「なるほど、道場仲間と申すは、年が長けても助け合うものなのでございますな。羨ましい限りでござる」

六郎兵衛は黙って頭を下げただけで答えなかった。

その後、六郎兵衛は褒賞金として三両を下げ渡され、礼を言上してから庄屋屋敷を辞去した。

宝泉寺に戻った六郎兵衛は自分の部屋に入ると、下賜された褒賞金の紙包みを懐から出して文机に置いた。

座った六郎兵衛は、文机の褒賞金をじっと見つめる。

「三浦殿、よけいなことをされましたな。これならば、わたしを斬りに来ていただいたほうがよかった。おとなしく、この首を差し出しましたものを」

六郎兵衛は無念そうに目を閉じた。

## 九

庄屋屋敷で褒賞金をもらってから三日後の夜、六郎兵衛は沼田嘉右衛門の屋敷に呼び出された。

六郎兵衛が門の前に立ち訪(おとな)いを告げると、すぐに四人の藩士が出てきた。六郎兵衛を左右前後から挟むようにして玄関に連れて行き、さらに奥の大広間まで案内した。

この時、六郎兵衛は両刀を預けるように求められた。素直に従った六郎兵衛が大広間に入ったときは無腰だった。

大広間には沼田派の藩士が十数人、居並んでいた。床の間を背に沼田嘉右衛門が座っている。皆の前に酒器が置かれた膳(ぜん)がある。

どうやら酒宴を行っていたらしい。

嘉右衛門は六郎兵衛が入ってきたのを見て、手招きした。

「樋口、近(ちこ)う寄れ、杯をとらせよう」

嘉右衛門に言われてやむなく、六郎兵衛は膝行(しっこう)して前に出た。嘉右衛門から杯を受け取る。かたわらの若い藩士が六郎兵衛の杯に酒を満たした。

「頂戴（ちょうだい）いたします」

六郎兵衛は杯の酒をひと息に飲み干した。それを見て、嘉右衛門が若い藩士を目でうながす。六郎兵衛の杯に酒が注がれる。

嘉右衛門はさらに数度、六郎兵衛の杯に酒を注がせた。その都度飲み干していた六郎兵衛の顔が、うっすらと赤くなる。

さすがに酔いがまわってきた六郎兵衛に向かって、嘉右衛門は、

「そなた、島から戻してやったわしの恩を忘れたか」

と低い声で言った。

六郎兵衛は頭を下げて、

「さようなことは決して――」

と答えた。

「ならばなぜ、郡奉行から三両ばかしの褒賞金を受け取るのだ。あれが帯刀の差し金だと知らなかったのか」

嘉右衛門はじろりと六郎兵衛を睨（にら）んだ。

六郎兵衛は杯を膳に置くと両手を畳につかえ、再び頭を下げた。

「申し訳ございません。庄屋からの不意の呼び出しにて、何が何やらわからぬうちに

褒賞金を押し付けられたような次第でございます。自ら望んだことではございません」

「まことかのう。わしが三浦圭吾を斬れと命じたにも拘らず、貴様は嫌だと言いおった。それゆえ、とりあえず放っておいたが、その間に帯刀の息のかかった金をもらうとは、したたかな所業だな」

嘉右衛門は憎々しげに言う。

「滅相もございません。それがし、家中の争いに巻き込まれたくないとの一心から刺客のお話も断って参ったのです。いまさら、今村ご家老につこうなどとは思いません。それに、もし、ひそかに今村ご家老についたのであれば、褒賞金などという面倒なことはいたさず、今村ご家老から直に頂戴いたします」

六郎兵衛は懸命に言い募った。嘉右衛門はにやりと笑った。

「なるほど、一理あるな。つまりは、帯刀が手を伸ばしてきたゆえ、金は受け取ったが、まだ帯刀についたわけではない、ということか」

六郎兵衛は背筋を伸ばして言った。

「わたしは誰にもつかずに生きて参る所存でございます」

嘉右衛門は杯をかたわらの武士に差し出し、酌をさせた。酒をちびちびと飲んでか

ら、

「百姓、町人ならばそれもよかろうが、そなたは武士だ。武士は敵味方をはっきりさせねば何事も務まらぬぞ。わしと帯刀と、いずれにつくつもりだ」

「いずれにもつきません」

きっぱりと六郎兵衛は言った。

「頑固な男だな」

嘉右衛門は、ははは、と笑った。

一刻（約二時間）ほど、沼田屋敷で嘉右衛門や派閥の藩士たちに代わる代わる責め立てられたが、六郎兵衛はぬらりくらりとかわし続けた。そして、途中から六郎兵衛は、何度も咳き込んだ。

その様を見た嘉右衛門は気味悪そうに、

「そなた、労咳か――」

と訊いた。六郎兵衛は頭を横に振った。

「医者に診てもらっておりませぬゆえ、わかりません。いずれ島で果てるものと思っておりましたゆえ」

嘉右衛門はじっと六郎兵衛を見つめてから、

「わかった。その様子ではまともに剣も振るえまい。わしが買いかぶっておったようだ。もはや用はない。帰れ」

と突き放すように言った。

六郎兵衛はほっとしたように手をつかえた。

「ありがたく存じます」

嘉右衛門はつめたく六郎兵衛を見据えながら、

「小林と酒井、及川は樋口を宝泉寺村まで送ってやれ。その様子では夜道がこころもとなかろうゆえな」

小林平助、酒井孫四郎、及川軍兵衛という三人の屈強な藩士が前に進み出ると、嘉右衛門は、厳しい口調で、

「よいな、樋口を然るべく送り届けるのだぞ」

と念を押した。

嘉右衛門が六郎兵衛を送る途中で斬れと言っているのだ、と察して三人は緊張した。

だが、六郎兵衛はなおも弱々しく咳き込んでいる。その様子を見て、三人は、

——斬れる

と感じて殺気を放った。

六郎兵衛は嘉右衛門に挨拶すると、三人に囲まれるようにして玄関に行き、さらに門をくぐった。

月が出ている。それでも小林と酒井が提灯を持って前を進み、真ん中に六郎兵衛を置いて最後を及川が歩いていく。

城下のはずれに来て、人家が無くなったあたりで六郎兵衛は、

「もはや、このあたりにて結構でござる」

と言った。小林と酒井は周囲を見まわして、

「さようか、もはや、このあたりでか――」

「まだ、先へ行ってもよろしいぞ」

と口々にもらした。

六郎兵衛は謹直な様子で、

「このあたりにてようござる」

と言いながら、咳き込んだ。その咳が合図だったかのように三人は一斉に刀を抜いて斬りかかった。白刃がきらきらと輝く。

その瞬間、鋭い金属音が立て続けにした。三人の刀が半分、折れて飛んだ。

――鬼砕き

同時に小林と酒井は首筋を峰打ちされ、及川は逆手に持った刀の柄で鳩尾を打たれて、それぞれ倒れた。

六郎兵衛は三人の様子を確かめたうえで、

「御免――」

と声をかけて走り出し、闇の中へと姿を消した。

この夜、六郎兵衛はいったん、宝泉寺に戻ったが、翌朝、沼田派の藩士たちが駆けつけたときには、部屋はもぬけの殻だった。文机の上に、祥雲に世話になった礼を述べる手紙と三両の金子が置かれていただけだった。

六郎兵衛がどこに行ったのか、行方はわからなかった。


二日後――

圭吾は、六郎兵衛が姿を消したことを帯刀から教えられた。

「沼田め、しくじりおったらしい。樋口を屋敷に呼びつけて難詰し、刺客に仕立てようとしたようだが、奴めが応じぬので始末しようとしたのだ」

「それでは樋口殿は――」

圭吾は息を呑んだ。

「送り狼となった沼田派の三人の藩士の刀を叩き折って逃げたらしい。奴め、やはり十年たっても技は鈍っていなかったようだな」

「では、沼田派の者を斬ってはいないのですか」

　ほっとして圭吾は言った。もし、沼田派の者を斬っていれば、六郎兵衛は重罪人として追われることになっただろう。悶着を起こして逃げただけならば、沼田派も表立っては動けないから、時がたてばうやむやにできる。

「うむ、斬っていれば、身の寄せ所はもはや、わしのところしかないが、さて、どこに隠れたものであろうか」

　帯刀は首をかしげた。

「あるいは、国境を越えたのではありますまいか」

「領内を離れてどこへ行くというのだ。せっかく島から城下に戻れたのだぞ。あの男は故郷で死にたいと思っているはずだ」

「さようでしょうか」

　六郎兵衛はいまどこにいるのだろう。寄る辺を持たない六郎兵衛が哀れだ、と圭吾は思った。

　帯刀はにやりとした。

「いずれにしても、沼田派がしくじったのは、こちらにとって儲けものだ。嘉右衛門め、これからは樋口がいつ襲ってくるかもしれぬと思って、夜もうかうか眠ることはできなかろう」

面白げに言う帯刀から、圭吾は目をそらした。

本来、ひっそりと片隅で生きていることが六郎兵衛には似合っている。それなのに、ひとより優れた剣技を持っているというだけで、争いに巻き込まれてしまう。

六郎兵衛に心休まる時はないのだろうか、と思うと圭吾はせつなくなった。しかも、今度のことは圭吾が仕掛けたことが発端となっている。

六郎兵衛が沼田派に取り込まれないようにするための手を打ったつもりだった。だが、その思惑の中には、六郎兵衛が自分への刺客になることを防ぎたいとの思いがあったのもたしかだ。

それならば、六郎兵衛が言ったように、遠島の疲労が残り、病を得た今の六郎兵衛を斬りにいくべきだった。

少なくとも、その方が武士らしかっただろう、と圭吾は唇を嚙んだ。

この日、圭吾が下城して屋敷に戻ると、美津が緊張した面持ちで迎えた。

「お客様がお出でございます」

美津は声を低めて言った。

「どなただ」

圭吾が訊くと、美津はさりげなく、

「お会いになってくだされればわかります」

とだけ答えた。

訝しく思いながらも美津の介助で裃から着替える。客間に行こうとすると美津が、

「お客様は離れにお通しいたしております」

と言った。

この屋敷は、圭吾が書院番になったおりに拝領したものだが、それまで住んでいたひとには高齢の父母がいたため、渡り廊下で通じた離れがあった。圭吾が移り住んでからは、たまに親戚が泊まるおりなどに使うだけだった。

美津とともに離れに向かおうとすると、中庭の紅葉が見えた。夕陽に照り映えて赤い葉が鮮やかだった。その紅葉のかたわらに男がいて見上げている。

樋口六郎兵衛だった。圭吾は息を呑んだ。

——樋口殿

思わず呼びかけると六郎兵衛は振り向いて、申し訳なさそうな笑みを浮かべた。

圭吾は離れで六郎兵衛と対座した。

美津が茶を運んできて、すぐに下がった。ふたりが話している離れに家士や女中たちが近づかぬよう、見張るつもりだろう。

六郎兵衛はうなだれて、

「まことに申し訳なきことながら、行き場を失い、困窮いたしております。お許し願えるなら、しばし、こちらに置いていただけませぬか」

と聞き取り難いほど小さな声で言った。

圭吾はたまらなくなった。

「何を言われますか。このたびの郡奉行からの褒賞金の一件、おそらく察しておられましょうが、わたしが仕掛けました。よかれ、と思ってのことではございましたが、とんだご迷惑をおかけしました。わたしの未熟ゆえでございます。お詫びいたさねばならぬのはわたしです」

圭吾も頭を下げた。

六郎兵衛はようやく頭を上げると、

「何を言われますか。すべてはわたしの不徳のいたすところです。沼田様から何を言われようと、上手にあしらえばよいのだとわかっておりますが、生来の不器用者で言葉を知りません。すぐに、やる、やらぬの話になって、沼田様を怒らせてしまいました。すべてはわたしが悪いのです」

六郎兵衛が自らを責めるのを聞いていて、圭吾は辛くなった。

「樋口殿、なぜさように遠慮されますのか。樋口殿の行いに一点の曇りもないことは、道場の後輩としてよく存じております。もはや、遠慮されることはない、とわたしは思っております」

六郎兵衛はわずかに明るさを増した声で、

「さようなものでしょうか」

と言った。圭吾は六郎兵衛の目を見て、

「さようですとも」

と告げた。同時に六郎兵衛をこれから自分が守らねばならない、という思いが自然に胸に湧いてくる。

これは遠い昔から決まっていたことのようにも思えた。

六郎兵衛は嬉しそうに笑ったが、こほん、こほん、と咳をした。

圭吾は近くに控えているであろう美津に、

——水を持って参れ
と声をかけた。やはり、縁側にいた美津が、

「かしこまりました」

と答える。間もなく美津が茶碗で運んできた水を六郎兵衛はごくごくと飲んだ。

六郎兵衛が落ち着いたのを見計らって、圭吾は、

「では、樋口殿には、この離れで過ごしていただきます。されど、ひとつだけ、お断りいたしておかねばなりません。わたしの屋敷にいていただくことを、今村ご家老に黙っているわけにはいきません。明日にでも伝えておかねばなりませんが、あの方は謀が多いだけに何を企まれるかわかりません」

と言った。

六郎兵衛はかすかな笑みを浮かべた。

「そのことは承知しております。わたしはどのような恩義があろうとも派閥の争いのために剣を抜くことはありません。ただ——」

六郎兵衛は言いよどんで、ちらりと美津の顔を見た。そして思い切ったように背筋を伸ばして話を継いだ。

「もし、三浦殿に危うきことあらば、その時は必ず剣をとり、ご助勢、つかまつる。このこと覚えておいていただきたい」

六郎兵衛のきっぱりとした物言いを聞いて、圭吾は胸が熱くなり、

「有難く存じます」

と頭を下げた。だが、かたわらの美津はなぜか頭を下げずにじっと六郎兵衛の顔を見つめていた。

翌日——

圭吾は、六郎兵衛が匿(かくま)ってくれるよう求めて自分の屋敷に来たことを、御用部屋で帯刀に告げた。

「なんと、樋口がそなたの屋敷に飛び込んだか」

帯刀は目を丸くして驚いた。

「樋口殿を匿ってもよろしゅうございますか」

圭吾が念を押すように訊(い)くと、帯刀は笑った。

「窮鳥懐に入れば猟師も殺さず、というではないか。案ずるにはおよばん、気のすむまで匿ってやれ」

承知いたしました、と言って圭吾が部屋を出ていこうとすると、帯刀は袖をつかんで引き止めた。

圭吾の耳もとに口を寄せて、

「面白いことになったな。これで沼田嘉右衛門をいつにても始末できるぞ」

と囁く。圭吾は眉をひそめて帯刀を見据えた。

「お断りいたしておきますが、此度、樋口殿を匿うのは道場の後輩としての情誼によるものです。樋口殿を派閥の争いに巻き込むつもりは、毛頭ございませんから、ご承知おきください」

圭吾の言葉を聞きながら、帯刀は薄く笑った。そして圭吾の肩をぽんと叩いて、

「まあ、すべてはわしにまかせて、そなたは知らぬ顔でおればいい。そうすればすべてはうまくいくからな」

と声をひそめて言った。

圭吾はまた、六郎兵衛を裏切ることになるのではないかと嫌な気持になったが、それ以上は考えないようにして御用部屋を出た。

これからどうなるのかはわからないが、六郎兵衛を守っていこう、と圭吾は誓った。

すると、昨日、六郎兵衛が夕陽に照り映える紅葉を黙って見つめていた姿を思い出

した。六郎兵衛のあの姿は何かに似ている、と思う。

何であろう、と考えていると、春になるとどこかから舞い込んで軒下に巣をつくる、

——燕(つばめ)

が思い浮かんだ。燕は玄鳥(げんちょう)ともいう。

(あの玄鳥はいつまで、わが屋敷にいてくれるのだろうか)

六郎兵衛はわが家の守り神となってくれるのではないだろうか、と圭吾は思いながら、ゆっくりと廊下を歩いていった。

## 十

六郎兵衛は圭吾の屋敷で暮らすようになったが、物音ひとつたてず、ひっそりとあたかも影のように過ごしていた。

使用人の前に顔を出さないだけでなく、圭吾のふたりの子供、六歳の与市(よいち)と四歳の琴(こと)の前にも姿を見せなかった。

もっとも、六郎兵衛がときおり咳き込むのを、胸の病ではないか、とうたがっている美津はひそかに安堵していた。それでも咳はやはり気になるからと町医の杉田了栄(すぎたりょうえい)

に来てもらった。

了栄は六郎兵衛の胸をたたいて音を聞き、咳や熱の具合なども問うたうえで、

「おそらく胸の病ではありますまい。島での暮らしで体の力が落ち、咳が出るのです。放っておけばさらに悪くなりますが、こちらで普通の食事をとられればしだいに回復されましょう――」

と言った。ただし、と言葉を継いで六郎兵衛の腹を押さえた。六郎兵衛がうっとうめいて顔をしかめると、了栄は、

「このあたりにしこりがあります。悪い腫物(はれもの)でなければよいが、もしそうだとすると」

と言いかけて口をつぐんだ。すると、六郎兵衛が薄く笑う。

「一年、保(も)たぬというのでしょう」

了栄はそれ以上は話すことなく帰っていった。

了栄が去ると六郎兵衛は圭吾に、

「実は島には医者がいませんでしたが、流人(るにん)の中に医術の心得がある老人がいました。その老人がわたしの腹にさわって永くはない、と言いました」

と話した。圭吾は眉をひそめて、

「それも体の力しだいでしょう。休まれて力をつけられれば、病など案じるには及びますまい」

と慰めた。六郎兵衛は微笑(ほほえ)みを浮かべただけで何も言わない。

圭吾にしても屋敷に匿うようになってから、六郎兵衛の体が昔に比べて、格段に衰えていることを感じた。

かつての六郎兵衛は細身ながらも、鉄(くろがね)のように引き締まった体軀(たいく)をしていた。そばにいるだけで剽悍(ひょうかん)な獣の気配を発していた。

しかし、いまの六郎兵衛にはそんな殺気めいたものはなかった。そのことは圭吾を安心させるとともに、どこかしら不安な思いも抱かせた。

狭い家中だけに圭吾が六郎兵衛を匿っていることは、いずれ知れ渡るだろう。そうでなくとも帯刀に報告したからには、どのように吹聴(ふいちょう)され、利用されるかわからない。それでも六郎兵衛が屋敷にいることは、自分にとって悪いことではないのだろう、と圭吾は思った。

六郎兵衛の剣技は家中に響き渡っている。しかも、六郎兵衛が圭吾にひときわ親しみを感じており、いざという時には身命を賭(と)して味方になるだろうということまで伝わっているはずだ。

それゆえ、六郎兵衛が屋敷にいるという噂だけで圭吾は大きな力を得ることになる。刺客にしようとした沼田嘉右衛門の意に従わなかった六郎兵衛だが、圭吾の敵ならば屠ることをためらわないのではないか。

実際にそうなのかは別にしても、これから帯刀の派閥を引き継ぐと目されている圭吾にとって、六郎兵衛の存在は沼田への威嚇になりうるのだ。

そんなことまで考えた圭吾はふと自分への嫌悪を感じた。少年のころ初めて会って以来、六郎兵衛は穏やかで温かな好意を示してきてくれた。それは時に衆道ではないか、と勘繰られるほどだったが、圭吾はそうではなく、

（まことの弟のように思ってくださるのだ）

と感じていた。それなのに、派閥争いの中で自分のために利用しようとすることは、思わぬ成り行きの結果だと弁明しても薄汚れた行いに思える。

だが、すでに沼田派の者たちの刀を折って逃亡した六郎兵衛を突き放せば、嘉右衛門はあらゆる咎めをこじつけて切腹させようとするに違いない。

だとすると、六郎兵衛にはこのまま屋敷にとどまってもらうしかないのだ。

圭吾はそう考えて自分を納得させた。

同じ日、城中では家老の御用部屋で帯刀と嘉右衛門が向かい合っていた。

帯刀はにやにやと笑いながら、

「どうじゃ。樋口六郎兵衛の行方はわかったか」

と訊いた。

嘉右衛門はむっとして答えた。

「それは、貴殿のほうがよく存じておられよう」

帯刀は面白そうに嘉右衛門の顔を見つめる。

「ほう、もう探り当てたのか。さすがに沼田殿は素早うござるな。いや、感服つかまつった」

嘉右衛門は帯刀に皮肉な目を向けた。

「どなたかが、家中のあちこちで吹聴してまわられたおかげでござるよ。嫌でもそれがしの耳に入ります」

「ほう、そういうことであったか。わしが迂闊であったのだな」

とぼけた口調で言う帯刀を、嘉右衛門は苦々しげに見遣った。

「さような戯言は聞いてもしかたありませんな。ご家老はそれがしに何か言いたいのでござろう。承りましょうか」

嘉右衛門が鋭い目になって問うと、帯刀は、ははは、と笑った。そして真面目な顔になると、では、談合いたそうか、とつぶやいた。

嘉右衛門が身構えると、帯刀はあっさりとした口調で、

「わしは近々、隠退するつもりでおる。そうなれば主席家老になるのは貴殿だ。そのおりに三浦圭吾を勘定奉行にいたそうと思っている。それを認めろ」

と言った。嘉右衛門は眉をひそめる。

「三浦はまだ若うござる。そのような前例はありませんぞ」

「それは百も承知しておる。有体に言えばわしが隠退すれば、わが派閥は雲散霧消する。それではこれまでわしに従ってきた者たちが困るゆえ、三浦に派閥を継がせるつもりなのだ。そのためには三浦を要職につけなければならぬという理屈は、貴殿ならよくわきまえているはずだ」

押し付けるように帯刀は言った。嘉右衛門はつめたく帯刀を見返した。

「つまるところ、ご家老は隠退された後も三浦を傀儡にして派閥を保とうという腹でございますな」

「わしの考えはどうでもよかろう。何はともあれ貴殿は主席家老として藩政をにぎるのだ。わしの派閥が三浦に引き継がれてもたいしたことではあるまい」

帯刀はにやりとする。

主君の利景は帯刀や嘉右衛門から、

――茶の湯三昧(ざんまい)の殿
とあざけられている。これまで今村派と沼田派は権勢をほしいままにしてきた。

嘉右衛門はぽんと膝(ひざ)を叩いた。

「なるほど、次の次は三浦派、いや実のところは隠退された今村殿の派閥が藩政を握ろうということですか。いったんはわたしに政(まつりごと)を預けてもすぐに取り返す算段をされたか」

嘉右衛門はあきれたように言った。

「そうかもしれんが、先のことはどうなるかわからん。貴殿は三浦を勘定奉行に据えるという条件を飲みさえすれば、すんなりと主席家老になれるのだ。それでよいではないか」

嘯(うそぶ)くように言う帯刀を嘉右衛門は見据えた。

「されど、わたしがご家老の申し出を聞かねばならぬわけがございますかな」

「あるとも、わが方にはいま樋口六郎兵衛がおる。彼(か)の者はなぜか、三浦に並々ならぬ好意を寄せておる。三浦が勘定奉行になるのを貴殿が邪魔していると知れば、ただちに貴殿の首を刎ねようとするであろう」

帯刀は冷酷な表情で言ってのけた。嘉右衛門は大きく吐息をつく。

「なるほど、樋口が三浦屋敷にいる間は、ご家老の仰せを聞かねばならぬというわけですな」

「そういうことになるな。樋口はいましばらくの間、勝手にさせておきたい。それゆえ、手を出すな」

嘉右衛門はううむ、とうなり、帯刀はにやりと笑った。

「それに、三浦を勘定奉行にするわけは貴殿もよくわかっているはずだ。いままではわしと貴殿の派閥が交代のようにして勘定奉行を出してきたが、随分と膿もたまったゆえ、荒療治が必要だと思っておる」

帯刀はじっと嘉右衛門を睨み据えた。嘉右衛門は何事か考えをめぐらしていたが、急にはっとして、帯刀を見つめ返した。

「なるほど、さようでござったか」

嘉右衛門がつぶやくと、帯刀はふふ、と笑った。

この日、夕刻になってあたりが赤く染まったころ、六郎兵衛はぽつねんと離れの縁側に座っていた。なすこともなく夕焼けの空を見上げている。

　そこへ美津が茶を持ってきた。

　ぼんやりとしていた六郎兵衛は渡り廊下から聞こえる足音に振り向いた。美津は六郎兵衛のかたわらに茶を置いて座った。

「ご造作おかけします」

　六郎兵衛は頭を下げて茶碗を手にした。

　美津は微笑んで話しかける。

「何を考えておいででしたか」

　六郎兵衛は苦笑して頭を振った。

「何も考えておりません。いや、考えることなど何もありません。世捨て人同然の身なのですから」

「わたくしにはそうは思えませんが」

「ほう、どうしてでしょうか。わたしはいま、家中のどこにも居場所がない身です。三浦殿が匿ってくださらねば、どこぞで野たれ死にしておりましょう」

　六郎兵衛は笑って言った。美津は六郎兵衛の横顔を見つめた。

「樋口様はさような亡くなり方をされることを、恐れる方ではないように思います」

「そうでしょうか。どうやら、わたしは疫病神のようです。どこへ参ってもひとに迷惑をかけます。たったいまも三浦殿に厄介をかけているではありませんか」

六郎兵衛の口調には苦いものがあった。

「わたくしは主人から、樋口様に昔から助けられてばかりだったと聞いております」

美津がさりげなく言うと六郎兵衛はあわてて頭を振った。

「さようなことはございませんぞ。わたしは一度として三浦殿をお助けいたしたことなどない。むしろ、わたしが関わることで、ご迷惑をかけたほうが多いような気がいたします」

美津は少し黙ったが、夕焼けを見ながら懐かしむように、

「昔、わたくしは強盗に押し入った浪人者たちにかどわかされたことがございました。もしも、助けられなければひどい目にあわされ、いまこうして生きていることはなかったと存じます」

と言った。六郎兵衛は押し黙って何も言わない。

美津は六郎兵衛を見ずに話を続けた。

「あのおり、わたくしは主人に助けられたということになっておりますが、まことに助けてくださったのは、樋口様でございました」

六郎兵衛は驚いて、夕陽に染まった美津の横顔を見た。

「なにを仰る。あのとき、浪人たちを倒したのは三浦殿でござった」

六郎兵衛はきっぱりと言った。

美津は微笑んで六郎兵衛を見た。

「浪人は刀を折られていたそうでございます。あの技は〈鬼砕き〉というそうでございますね。家中でも使う方は樋口様、おひとりだとうかがいました」

「いや、それは――」

六郎兵衛が口ごもると、美津は言葉を継いだ。

「あのとき、わたくしは倒れておりましたが、樋口様が主人に手柄を譲ると言われていたのを耳にしました」

「なんと」

息を呑む六郎兵衛に、美津は申し訳なさそうに頭を下げた。

「わたくしはずるかったのです。樋口様より主人に助けられたことにしたほうが嬉しいと思って親には黙っておりました」

六郎兵衛は、はは、と笑う。

「そうだったのですか」

美津は六郎兵衛の笑顔を楽しげに見つめた。

「あのときから、わたくしはなぜ樋口様は主人に親切になさるのだろうか、と考えて参りました」

「さて、とくにわけもありますまい」

六郎兵衛はまた夕空に目を遣った。

美津は六郎兵衛を見つめながら、かつて圭吾から教えられた和歌を詠じた。

六郎兵衛の顔がこわばった。

美津はゆっくりと言葉を発する。

「この和歌は樋口様から教わったと、主人は申しておりました。わが背子とは、殿方であれば親しき友ということでございましょうが、女人ならば夫か、いとおしき殿御ということになるのでしょうか」

六郎兵衛は軽く頭を下げた。

「申し訳ござらん。昔より、身分違いながら、三浦殿を友と思うて参りました。お許しくだされ」

「許すもなにも、夫を友と思うてくださるのは、妻としてありがたきことでございます。いえ、樋口様はときに、わたくし以上に主人のことを案じてくださいます」

「奥方より、案じるなどということはございますまい」

六郎兵衛は苦笑した。しかし、美津は真剣な表情だった。

「いえ、そうでなければ、樋口様は決してわが家にお出でにならなかっただろうと存じます」

「さようなことは。わたしは行くところがなくなって転がりこんだだけでござる」

「そのようなおり、樋口様のご気性ならば腹を召されましょう。そうされなかったのは、主人がこれから家中で難しい立場になることを察して、守ってやろうとのお心かと存じます」

美津はひたと六郎兵衛を見つめた。

「何のことを言われているのかわかりませんな」

六郎兵衛はそっぽを向いた。しかし、なおも美津は話し続ける。

「わたくしは樋口様が主人を守ってくださることを喜んでおります。樋口様のお気持がどのようなものかを知りながら、それでも命を賭して主人を守って欲しいと願うわたくしはまことに酷(ひど)い女だと思います」

美津はいつの間にか涙ぐんでいた。六郎兵衛は美津を振り向いて、

「そんなことはございません。そんなことは――」

と言った。

ふたりの横顔は夕焼けに染まった。

## 十一

今村帯刀が隠退して、沼田嘉右衛門が主席家老となることが明らかにされたのは間もなくのことだった。

同時に圭吾は勘定奉行に異例の抜擢（ばってき）を受けた。

このことが伝わると三浦屋敷には祝いの客が相次いだ。真っ先に駆けつけたのは美津の父である津島屋伝右衛門だった。

伝右衛門は祝いの樽酒（たるざけ）を届け、圭吾が登城しているため、美津に祝いの言葉を述べた。

「お祝いの席をあらためて設けたいとお伝えしてくれ」

伝右衛門に言われて、美津は首をかしげる。

「旦那（だんな）様はそのような席はあまり好まれませんから」

「何を言っている。これからは勘定奉行として幅広く商人とも会わねばならぬ。そのおりの心得などをお教えしたいのだ。ぜひとも来ていただきたい」

それから伝右衛門は離れの方角にあごをしゃくって、

「そのおりには、あの方もご一緒にな」

と言った。美津は困った顔をした。

「樋口様は酒席には出られないと思いますが」

「酒席に出ないのは、当たり前だ。控えの間を用意するから、お供としてそこにいてもらう」

「お供ですか」

美津は眉をひそめた。仮にも家中から出奔したことになっている六郎兵衛を供にして酒席に行くことはためらわれた。さらに六郎兵衛を供あつかいすることも、あまりなことに思える。

伝右衛門は膝を乗り出した。

「聞いておくれ。いま三浦様は難しいところにおられるのだ。今村様が隠退して沼田様が主席家老になられ、三浦様が勘定奉行になるという筋書きは、おそらく今村様が書かれたのではあるまいか」

「どういうことでしょうか」

美津は真剣な眼差しを伝右衛門に向けた。

「おそらく今村様と沼田様の間で話がついたのだ。今村様が隠退して主席家老の座を譲るかわりに、今村様の派閥を引き継ぐ三浦様を要職に据えたのではないかな」

伝右衛門は考えながら言う。

「では、すべては丸くおさまったということではありませんか」

美津はほっとした。

「いや、しばらくの間、おたがいに手は出さぬということだ。しかし、油断はできん。今村様と沼田様のおふたりで話がついたとしても下の方で納得できぬ方がおられるだろう。そういう方が三浦様を狙うかもしれぬから用心のために、あの方を供にしたほうがいいというのだ」

「そんな、沼田様が得心されたのに、沼田派の方々が旦那様を狙うなどということがありましょうか」

美津には信じられなかった。せっかく派閥の領袖の間で話がついたのであれば、事を荒立てずともよいではないか、と思った。

伝右衛門はゆっくりと頭を横に振る。

「誰が、沼田派の方が三浦様を襲うと申した。三浦様を狙う者がいるとすれば今村派の方々だ」

「まさか、なぜそのような――」

「三浦様は若くして勘定奉行になり、今村様の派閥を引き継ぐのだぞ。嫉む者がいても当たり前ではないか」

伝右衛門はひややかに言った。

「では、商人との酒席のおりなどに狙われるかもしれぬと言われるのですか」

「そうだ、いまが一番、危ういのだ。それだけに、あの方に守っていただけというのだ。こうやって匿ってもらっているからには、嫌とは申されまい」

伝右衛門は念を押すように、あの方を供にするのだぞ、と言い置いて帰っていった。

この日の夜、美津は伝右衛門が言ったことを圭吾に伝えた。

圭吾はしばらく考えた後、

「わかった。申し訳ないが樋口殿に供をしていただこう」

と告げた。圭吾の言葉を聞いて、美津は青ざめた。

「では、まことに今村派の方が旦那様を狙って参るのでございますか」

圭吾は笑いながら手を振った。

「それは、津島屋殿の考えすぎというものだ。さすがにそんなことはないだろうが、樋口殿に警護をお願いすれば、家中から出奔したのは、今村ご家老の命によってわたしを守るためだったという言い訳が立つ。樋口殿もいつまでもわが屋敷にいるわけにもいかないだろうから、ちょうどよい」

言われてみれば、たしかに六郎兵衛が家中に戻るための理由づけになる、と美津も納得した。

圭吾が伝右衛門の招きに応じて城下の料亭に出かけたのは、三日後のことだった。伝右衛門の懸念を圭吾が伝えると、六郎兵衛はちょっと考えただけで、あっさり、と答えた。

「お供つかまつろう」

さすがに屋敷を出る際には笠をかぶったが、とりわけ用心するという素振りは見せず、圭吾の後ろを十歩ほど離れてついていった。

料亭に着くと、伝右衛門から話がつけてあるらしく、六郎兵衛は圭吾が通された部屋にほど近い小部屋へと案内された。

小部屋には料理と酒の膳が用意されていたが、六郎兵衛は手をつけようとはしなかった。障子のそばに寄り、片膝を立てて外の様子をうかがう。

圭吾が入った座敷は伝右衛門だけでなく、十数人の商人が来ているらしく、にぎやかな話し声が聞こえてきた。

六郎兵衛はしばらく耳を傾けていたが、ふと片膝を下して座り、

「圭吾殿は偉くなられた」

と満足げにつぶやいた。そのまま目を閉じ、微笑をうかべて座り続けた。

夜がふけてようやく酒宴が終わったようだった。

女中が小部屋の前に来て、

「お供のかた、お帰りでございます」

と告げた。

六郎兵衛はうなずいて刀をとり、圭吾より先に玄関に出る。そして外の様子をうかがってから戻ると圭吾は商人たちに見送られながら出てきた。

六郎兵衛は一礼してから笠をかぶって外へ出た。

伝右衛門は六郎兵衛に気づいたが、何も言わず素知らぬ顔つきで、圭吾に向かって、今後ともよろしくお願いいたします、と何度もあいさつしていた。

圭吾が料亭の敷地から道へ出ると、六郎兵衛も付き従う。

月が出ている。

提灯(ちょうちん)を持った圭吾はしばらく歩いてから立ち止まって振り向いた。何事かと思って

六郎兵衛がそばに行くと、圭吾は親しげな笑みを浮かべた。

「樋口殿、せっかくの月夜ですから、物語などしながら帰りましょう」

「ですが、用心はいたさぬと」

「ふたりで話しながら歩くほうが用心になります。それに屋敷では話しにくいこともありますから」

　圭吾は酒が入ったためか、日頃より明るい口調で話す。六郎兵衛はやむなく、さようですか、と答えてから圭吾と肩を並べて歩き始めた。

　圭吾は微醺の香を漂わせながら、

「樋口殿とは随分、永いお付き合いになります」

　と話しかけた。さようですな、と六郎兵衛は声を低めて答える。歩きながらあたりに目を配って油断はしていない。

　圭吾はなおも心地よげに続けた。

「わたしは昔から樋口殿を兄のように慕って参りました。いまもその気持は変わりませんぞ」

「ありがたく存じます」

　六郎兵衛の声がわずかに震えた。

「樋口殿にはいつも守っていただいた気がします。だからなのでしょうか、ともにいると、何やら気持が落ち着くのです」

「そうであれば嬉しゅうござる」

六郎兵衛はかすかに笑みを浮かべた。

「ですから、一段落したら、樋口殿の出奔の咎を沼田ご家老に許してもらい、勘定方に置いていただきたいと思っております」

「それはありがたいことですが、無理はなさらぬようにお願いいたします」

「なんの、今までのご恩を思えば当然のことです」

圭吾が笑顔で横を向いたとき、六郎兵衛は、

「曲者でござる」

と叫んだ。とっさに背後に圭吾をかばった六郎兵衛に向かって、黒い影が襲いかかる。

六郎兵衛は居合を放った。

稲妻のように白刃がきらめいたかと思うと、斬りかかった影は声もなく倒れた。だが、すぐさまふたつの影が走り寄ってくる。

「何者だ――」

六郎兵衛が再び叫んだ。

ふたつの影は同時に刀を抜き連ねて六郎兵衛に迫った。

六郎兵衛は大きく刀をまわし、相手の刃と撃ち合った。〈鬼砕き〉を使うつもりのようだった。しかし、相手の男は巧みに六郎兵衛の刀をかわして、跳躍した。

「おのれ――」

六郎兵衛が追いすがろうとしたとき、もうひとりが背後から斬りかかった。六郎兵衛は振り向きもせずに体をかわしながら、斬り付けてたたらを踏んだ男の胴を振り向き様にないだ。男は弾かれたように倒れた。それを見て、もうひとりが向きなおって斬りかかる。

今度は迎えうった六郎兵衛と刃を合わせる音が、

がちっ

がちっ

と響いた。相手がなおも斬りかかったとき、六郎兵衛の刀が月輪のように大きくまわった。

がきっ

鋭い音がしたかと思うと、男の刀が半分折れて宙に飛んだ。その一瞬、六郎兵衛は大きく踏み込んで男の肩から斬り下げていた。

いつもは相手の刀を折るだけの六郎兵衛にしては珍しいことだった。圭吾が六郎兵衛の背後から飛び出して、

「死んだのか」

と男の生死を確かめようとした。

だが、六郎兵衛が圭吾の袖をつかむ。

「ここは危のうございます。早く離れましょう」

圭吾が振り向くと、目を光らせた六郎兵衛の顔を月光が照らし出した。刀を鞘に納めている。その真剣な表情に押されて、圭吾はうながされるまま走った。

「あ奴らはまことに今村派の者なのだろうか」

走りながら圭吾が言うと、六郎兵衛は息を荒くして、

「わかりませぬ。いまの連中の剣は暗殺をしなれた者の剣でした。あのような剣を使うのは忍びぐらいしかおりますまい」

「忍びですと」

圭吾が声を高くしたとき、六郎兵衛の足が止まった。

「どうされました」

圭吾が声をかけると、六郎兵衛はうつむいた。

うぅっとうめいた六郎兵衛はうずくまった。口をおさえた手の指の間から血があふれる。

吐血していた。

十二

圭吾は六郎兵衛を抱えて屋敷に帰った。

美津は血まみれの六郎兵衛を見て蒼白になったが、すぐに床をとり、了栄を呼んだ。駆けつけた了栄は六郎兵衛が返り血を浴びているのに気づいてぎょっとなったが、何も言わず吐血の様子を見て、

「胃の腑に傷があるようでございます。日頃から少しずつ出血いたし、溜まったものを吐いたのでございましょう」

と告げた。圭吾は眉をひそめる。

「それはかなり悪いということでござるか」

了栄は横たわる六郎兵衛の様子を見ながら、

「もって一年ではございますまいか」

と言った。六郎兵衛は気を取り戻していたらしく、

「それがしもさように思っておりました」

と言った。

了栄は困惑の色を浮かべて、とにかく、安静にして滋養のあるものをとり、養生されることじゃ、さすれば一年と言わず、二年、三年もつかもしれませんぞ、と言い残していった。

圭吾はため息をついて、六郎兵衛に、

「とにかく休まれることです。今夜は無理なことをお頼みして申し訳ござらなんだ」

と言って頭を下げた。かたわらの美津も頭を下げる。

「わたくしからもお詫び申し上げます」

六郎兵衛はかすかに笑みを浮かべた。

「謝ることはありません。現に刺客は出たのです。供にしていただいてよかったと思います。それより、気になることが――」

六郎兵衛は苦しげに言いかけた。圭吾はなだめるように、

「あ奴たちが、何者であったのか。わたしも調べます。いまは休んでください」

と言った。六郎兵衛は苦痛のためか、かすかにうなずいて、そのまま寝ついた。

圭吾は眠った六郎兵衛を見守った。

「それにしても何者であろう」

圭吾がつぶやくと、美津が体を寄せた。

「父が申したように、今村派の旦那様を嫉む方ではありませんでしたか」

圭吾は頭を横に振った。

「違うな。あの殺気はそのようなものではなかったと思う」

圭吾はつぶやきながら寝入った六郎兵衛の顔をじっと見つめた。ひょっとすると、自分の味方はこのひとだけなのではないかと思った。


翌日——

圭吾は登城すると、嘉右衛門の御用部屋に行き、昨夜、怪しげな者に襲われました、と告げた。帯刀は隠退してから、たまに登城するだけで普段は屋敷に籠(こも)っている。

嘉右衛門はじろじろと圭吾を見た。

「襲われたというが、別に怪我(けが)はしておらぬな」

「はい、守ってくれるひとがおりましたゆえ」

　圭吾は平然と答えた。

「そうか、三浦には守護神がおったな。いや、疫病神かもしれんがな」

　嘉右衛門はくっくと笑う。

　圭吾は厳しい目を嘉右衛門に向け、昨夜、城下で斬られた者がいるとの話が町奉行所か目付から入ってはおりませぬか、と訊いた。

　嘉右衛門はひややかに答える。

「入っておれば、すぐに申す。だが、おそらく今日一日待っても、さような話は入ってこぬであろうよ」

「なぜでございますか。わたしが襲われたのはまぎれもない事実でございます」

　圭吾がむっとして言うと、嘉右衛門はうかがうように見返して口を開いた。

「そなた、どこで襲われたのだ」

「昨夜は義父の津島屋伝右衛門殿が勘定奉行就任の祝いの席を設けてくれましたゆえ、その帰り道でございました」

「義父とは言うが、商人ではないか。その席には津島屋以外にも商人がいたのであろう。違うか」

「いや、それはその通りでございますが」

「新任の勘定奉行が、就任から日にちもたたぬうちに商人たちと酒を酌み交わすのは感心せんぞ」

　嘉右衛門は思いがけず正論を言った。

「恐れ入ります」

　圭吾が頭を下げると、嘉右衛門は嗤った。

「わたしがかような清廉ぶったことを言うのはおかしいと思っているのだろう。だがな、永年、勘定方を握ってきたのは、今村派だぞ。むろんわが派から勘定奉行を出したこともあるが、勘定方は本来は、今村派のものであったと言ってよい。それだけに腐敗いたしておる。そなたは自分を清廉だと思っておろうが、これからはそうはいかぬぞ。そのこと心得ておくがよい」

　嘉右衛門はそう言って、からからと笑った。

　圭吾は勘定方に戻ると、あるだけの帳簿を持ってこさせた。これまでも勘定方として帳簿は見てきたが、それは当面の仕事に関わる一部だけだった。

　嘉右衛門に言われたことが気になってあらためて帳簿を見てみようと思ったのだ。下僚に帳簿を奉行の御用部屋に運ばせ、ひとりでゆっくりと見始めた。

　圭吾が帳簿をそろえよ、と命じたとき、古参の勘定方の表情がこわばるのがわかった。

(何事かあるのだろうか)

　圭吾は丁寧に帳簿を見ていった。

　夕刻になって下城の刻限になってもまだ終わらない。だが、収入と歳出は均衡しており、余剰の金がないことが問題だとは思えたが、不審なところはなかった。

　蠟燭(ろうそく)の明かりで文字を追っていると、しだいにくたびれてきた。

(どうも、沼田様にからかわれたようだ)

　何のおかしいところもないではないか、と思ったとき、ふと、こんな風に毎年、入ってきた金と出た金が同じだということがあるのだろうか、と気づいた。

(なぜ毎年、金が余らず、不足でもないのだ)

　毎年、金が足りなくなると、どこかから収入がでてくる。金が残りそうになると予想外の出費があるのだ。

　圭吾はあらためて帳簿を見まわして、

(これはすべて嘘(うそ)だ――)

　と思った。どこかに本当の帳簿があるに違いない。いや、当然、藩庫に残っているはずの金もどこかへ行っているのではないか。

どういうことだ、と圭吾は考え込んだ。

この日、夜遅くなって、圭吾は帯刀の屋敷を訪ねた。

奥座敷に通された圭吾が待つうちに、酒を飲んでいたのか、赤い顔をした帯刀が出てきた。

「どうした。かような夜分に、何かあったのか」

帯刀はなめるように圭吾を見る。

「昨夜、曲者に襲われましてございます」

圭吾はひややかに言った。

「ほう、嘉右衛門め、もはや、そなたが目障り（めざわ）りになったのか。我慢の足らぬ男だな」

帯刀は嘲笑（ちょうしょう）した。

「いえ、どうもそうは思えませぬ。わたしを守ってくれていたひとが曲者を斬り捨てましたが、沼田様にお聞きしたところ、そのような騒ぎがあったという報告が町奉行所からも目付からもあがっていないそうです」

「いまの町奉行も目付もすべて沼田派ではないか。何の不思議もあるまい」

「そうでございましょうか。勘定奉行になったばかりのわたしが騒動に巻き込まれたのです。事を大きくしたほうが沼田派には有利かと存じます」

　圭吾が目をそらさずに帯刀を見つめた。

「なるほどな、そうかもしれん」

　帯刀はつまらなそうにつぶやいた。圭吾は背筋をのばして話を続ける。

「わたしの義父である津島屋伝右衛門は、今村派の中にわたしを嫉む者がいる。その者たちが襲ってくるかもしれぬ、と申しました」

「なるほどな。ありそうな話だ」

　帯刀は感心したようにうなずいたが、圭吾は頭を横に振った。

「いや、もし嫉んだ者の仕業なら、嫌がらせめいたものではなかったか、と思います。あるいは、わたしを謗る言葉を発したりするのではないでしょうか。それなのに、襲った者たちは何も言わず、わたしを殺そうとしました。さらにわたしを守ろうとしたひとの剣を一度はかわしました。あれほどの手練れをわたしは家中で見たことがございません」

　圭吾はきっぱりと言った。

　帯刀は酔いが冷めたのか、土気色の顔になり、

「それで何が言いたいのだ」

と問うた。

「わかりません。ただ、わたしが知らぬことが勘定方にはあるのではございませんか。沼田様はさように申されていました」

帯刀は顔をしかめて、あのおしゃべりめ、とうめいた。

圭吾は身を乗り出す。

「わたしが今夜、うかがったのはそのことでございます。勘定方にはひとに知られてはならぬことがあるのではございませぬか」

帯刀の目が鋭く光った。

「帳簿を見たのだな」

「いささか――」

うなずいて圭吾は答えた。

「それで、わしに後ろ暗いことがあると睨(にら)んで夜中に押しかけたというわけだ」

「教えていただきたい、と思ったのです」

圭吾は両手を膝に置いて頭を下げた。

「おいおい、というわけにはいかんのか」

「おいおいでございますか」

「そうだ、何事も一度に話しては誤解を生じる。どちらにしても、そなたが勘定奉行に慣れたころを見計らって話そうと思っていたことだ」

「さて——」

得心できないというように首をかしげる圭吾に、

「そなたは、いま疑念にかられておる。そのような時に話しても誤解が深まるだけだ。そなたは若いのだ。何も焦(あせ)ることはいらぬ。おりを見てわしからゆっくり話すゆえ、それを待つことだ」

帯刀はにやりと笑う。

「得心できまいゆえ、ひとつだけ、あらかじめ申しておこうか」

「はい、お聞きしたいと思います」

圭吾が見据えると、帯刀は落ち着いた様子で見返してきた。

「すべては殿の思(おぼ)し召(め)しだ」

圭吾は目を瞠(みは)った。

そのころ、六郎兵衛は薄暗い部屋で目を覚ましていた。

こみあげていた胸のむかつきがようやく落ち着き、熱も下がってきたようだ。

夜らしいことに気づいて、

（もう一日、たったのか）

と驚いた。すると、昨夜、了栄の手当てを受けた後、圭吾に伝えねばならないことがあると考えたことを思い出した。

圭吾はどうしたのだろう、と思った。今日はおそらく登城したのではないか。圭吾の真直ぐな人柄なら、刺客のことを質そうとしたのではあるまいか。

（いかん――）

六郎兵衛は体を起こそうとしたが動かない。

昨夜、曲者に襲われた時、六郎兵衛が感じとったのは、男たちが振るったのは、普通の武士とは違う隠密の剣だということだった。

おそらく身分は足軽ぐらいではないのか。家中には、ひそかに殿の命によって動く隠密がいると聞いたことがある。

襲ってきたのは、沼田派でも今村派でもない別の男たちだ。だとすると、その謎を暴こうとする圭吾は思いがけず危ない目にあうかもしれない。

圭吾を守らなければ、と思った。

少年だったころの圭吾に初めて会ったとき、そう感じた。

——何としても圭吾を守り抜く

圭吾のそばにいられるわけでもなく、共に生きることもできない。できるのは、守ることだけだ。それなのに、命の火が消えて守れなかったとしたら。

そう考えると六郎兵衛はぞっとした。

六郎兵衛の胸に初めて、

——死にたくない

という思いが湧（わ）いた。

## 十三

六郎兵衛は深い眠りに落ちていた。

少年のころの夢を見ていた。

軽格の家に生まれた六郎兵衛は学問が得意ではないことから、剣術だけでもひとに勝りたいと思って道場に通っていた。

寡黙（かもく）で目立たない少年だった。自分でもひとより優れたところなどかけらもない、と思っていた。

だが、そんな六郎兵衛に希望の明かりが差したのは、江戸詰めから国許へ戻ったばかりの、まだ二十歳だがすでに免許を得ているという芳賀作之進の稽古相手をするようになってからだった。

六郎兵衛は十二歳。ようやく声変わりの時期にさしかかろうとしていた。

馬廻り役百五十石の上士である作之進が、なぜ六郎兵衛を稽古相手に選んでくれたのかはわからない。色白でととのった容貌の作之進は藩校でも秀才として知られており、文武備えた、後輩にとって憧れの人物だった。

ある日、六郎兵衛が道場で稽古していたところ、誰かがじっと見つめているのを感じた。気味悪く思ってまわりを見まわすと、作之進と目があった。

恥ずかしさで赤くなりながら頭を下げると、作之進はにこりとして近づいてきた。

「そなた、名は何というのだ」

作之進に問われて、六郎兵衛は声を詰まらせながら答えた。

「そうか、そなたは筋がよい。わたしの稽古相手をしてくれ」

作之進の言葉に六郎兵衛は天にも昇る心地となった。さっそく、作之進と向かい合って木刀を構えた。だが、作之進の動きは稲妻のようで六郎兵衛には見えなかった。

ただ呆然と木刀を構えて立ちすくむだけで、何もできなかった。

（だめだ、わたしにはとても作之進様の稽古相手は務まらない）

六郎兵衛ががっかりすると、作之進は笑いかけた。

「やはり、そなたは筋がいいようだ」

六郎兵衛は頭を振った。

「何もできませんでした」

「おかしなことを言うな。自分が立っている場所をよく見てみろ、稽古を始めた時から随分、動いているぞ」

はっとした六郎兵衛はまわりを見まわした。稽古は道場の真ん中で始めたはずだったのに、いつの間にか端に来ている。

「そなたは、打ち返しこそできなかったが、わたしの木刀をかわしつつ動いたのだ。初心の者にはなかなかできぬことだぞ」

褒められているのだとわかって六郎兵衛は頰に朱を上らせた。それから六郎兵衛は道場で顔を合わせるたびに、作之進の稽古相手を務めた。

しばらくすると、作之進は屋敷に六郎兵衛を招いてくれた。おいしい菓子をご馳走（ちそう）になり、作之進の書斎に積み上げられた書物についての話などを聞いた。

六郎兵衛の作之進への尊敬の念は強まり、

（作之進様は将来、藩を背負う方になられるに違いない）

と思うまでになった。

春に始めた稽古が夏にさしかかるころには、六郎兵衛にも少しは作之進の動きが見えるようになっていた。

できれば、一度ぐらいは打ち返したいが、隙が見つからない。それでも食い入るように作之進の動きを見ていると、前に出るときに左足を開きかげんに踏み込む。そして右から打ち込む拍子が常に同じだと気づいた。

作之進の左足の爪先を見つめていて、開いたときを一とすると、二、三で右から同じ角度での打ち込みがくるのだ。

それがわかってから、六郎兵衛は家の庭でひとり稽古をするようになった。

頭で作之進の左足の動きを思い描きながら、一、二、三で右からの打ち込みに備える。木刀を受けた瞬間、すばやく自分の木刀を引いて相手ののどに突きを見舞う。

この段取りを工夫した六郎兵衛は夢中になって稽古した。しかし、このころ作之進はお役目が忙しいらしく道場に姿を見せなかった。

今度稽古ができるときには、ぜひとも工夫した技を試したいと、六郎兵衛は作之進が来るのを一日千秋の思いで待っていた。

作之進がひさしぶりに道場に姿を見せた日、六郎兵衛は躍り上がりたいほど喜んだ。

六郎兵衛が、作之進に駆け寄って、

「稽古をお願いいたします」

と頭を下げると、作之進は疲れた表情ながら、うむ、と答えた。

木刀を構えて向かい合う。

作之進にいつもの覇気がないようだ、と六郎兵衛は感じた。

気合とともに作之進が打ち込んでくる。六郎兵衛はいつもと変わらず、作之進の木刀に翻弄(ほんろう)された。だが、今日は押されながらも作之進の足の動きから目を離さなかった。

打ち込んでいた作之進の左足が横に開いた瞬間、六郎兵衛は右からの打ち込みに備えた。木刀に激しい手応(てごた)えを感じた。六郎兵衛は踏み込んで、作之進ののどに突きを見舞った。作之進が驚いたのか、

――おのれ

と怒声を発した。作之進は体をそらせてぎりぎりのところでこれをかわすと、六郎兵衛の腕をつかみ、引きずってよろけたところを足をからめて、道場の羽目板(はめいた)に叩(たた)き付けるように投げた。

六郎兵衛は逆さになって飛んで羽目板にぶつかり、床に倒れると気を失った。目の前が真っ暗になった六郎兵衛が気を取り戻したのは、しばらくしてからのことである。水を飲まされ、ごほっ、ごほっとむせつつ、目を開けた。かたわらに作之進が茶碗を手にして座っていた。

どうやら、道場の横の小部屋に寝かされているようだ。なおもごほっ、ごほっと咳き込むと作之進が背中をさすって、

「大丈夫か」

と声をかけた。六郎兵衛はうなずきながらも、のどが渇いているのを感じて、

「水を――」

と訴えた。作之進が茶碗を六郎兵衛の口元に運んだが、うまく飲み込めずに口の端から漏れる。すると作之進は茶碗の水を含んで口移しに六郎兵衛に飲ませた。

六郎兵衛は一瞬驚いたが、水がのどの渇きを癒すのを感じ、さらに痺れるような甘美なものを味わった。

作之進はさりげなく口を離して、

「すまなかった。今日、城中で嫌なことがあったのでな、そなたの突きにかっとなってしまった」

と謝った。

「気を失って申し訳ございません」

六郎兵衛が言うと、作之進はため息をついた。

「わたしの修行が足りぬのだ。剣を持てば無念無想でなければならぬのに、怒りで我を忘れた。すまないのはこちらの方だ」

作之進は言いながら六郎兵衛の肩に手を置き、抱き寄せた。

作之進に顔を預けながら、六郎兵衛の胸に戦慄が走った。これは、何事だろう、作之進様は何をされようとしているのだろう、と思いつつ六郎兵衛は抱かれるままになっていた。

その間に作之進はぽつりぽつりと、馬廻り役の同輩に柴省吾という男がいる。この柴がなぜか、作之進を嫉んで誹謗するなど、さまざまな嫌がらせをする。それによって、作之進は組頭からしだいに疎まれるようになってきた、と話した。

「今日も組頭様から、命じたことをなぜしないのかとお叱りを受けた。わたしは組頭様の命をおろそかにしたことはない。しかし、いつの間にかそういうことになっている。どうやら、柴の讒言で組頭様が機嫌を損じたようだ」

柴省吾はもともと、作之進とは藩校で机を並べた間柄だった。

そのころは親しく話もしていたのだが、作之進が秀才としてまわりから褒めそやされるうちに、遠ざかった。さらに藩校の剣術道場で勝ち抜きの稽古試合が行われた際、作之進と省吾が最後まで残った。

省吾はこのとき、学業では及ばなかった作之進に一矢報いるための得難い機会だ、と考えたようだ。

立ち合いの最初から気合も凄まじく、立て続けに打ち込んできた。これに対して作之進は柳に風と受け流し、省吾の息が切れるのを待った。はたして省吾の動きが止まった瞬間、

とおっ

と飛び込んで省吾の首筋に木刀が押し当てられた。

「参った」

省吾が小さく声をあげると、作之進はゆっくりと木刀を引いた。そのとき、柴はいったん引くと見せた木刀で、作之進の胴をなごうとした。危うくこれをかわした作之進は、

「卑怯――」

と怒りとともに省吾の右肩を打ちすえた。

省吾が頽れる。

木刀での立ち合いは形の稽古試合で、はずみで木刀が当たることはあっても、打ちすえることはしない。作之進の打ち込みで肩の骨を折られた省吾は、参ったとは言っていない、作之進が突然、打ちすえたのだ、と主張した。

作之進は、たしかに省吾の参ったを聞いたと述べたが、省吾の声は審判の耳には届いていなかった。

このため、作之進は藩の剣術指南役から譴責を受けた。そしてこの日から、省吾の執拗な嫌がらせが始まったのだ。

「それはひどいことでございますね」

「そう思ってくれるか」

作之進は微笑んだ。

「はい、そのようなひとは懲らしめねばわからぬと思います」

「たしかにそうだが、懲らしめてもわかりそうにないゆえ、困っているのだ」

作之進は、ははは、と笑うとようやく六郎兵衛の肩から手を放して、さりげなく、すまなかった、ともう一度謝った。

六郎兵衛は急に恥ずかしくなり、うつむいて何も言えなかった。何とない気まずさ

を振り払うかのように、作之進は、

「先ほどの突きはよかったぞ。よく工夫したな」

と褒めた。六郎兵衛は嬉しくなって、

「芳賀様は右から打ち込む際に、左足を開かれる癖がございます。そのことに気づいたのです」

とはしゃいで言った。

「なに、そうなのか。それは気がつかなかったな」

作之進は楽しそうに笑う。

六郎兵衛はほっとして、いましがた、作之進が口移しで水を飲ませ、肩を抱きしめたことを忘れようとした。

(きっと何の意味もないことだったのだ)

自分に言い聞かせながらも、六郎兵衛は作之進が悩みを打ち明けてくれたことが嬉しかった。何とか作之進の助けになるようなことができないか、と考えた。

だが、できることは何もなさそうだった。

(もし、芳賀様をお慰めすることができるのなら、何でもするのだけれど)

そう考えた六郎兵衛は、作之進から口移しで水を飲まされたことがふと頭をよぎり、せつない思いが湧いた。

## 十四

三年が過ぎた。

六郎兵衛は元服してからも道場に通い続けた。

作之進が道場に姿を見せることは間遠になっていたが、それでもたまに訪れると六郎兵衛を相手に稽古した。

このころ、作之進は勘定方となっており、若い藩士の間で頭角を現し、出世の階段を上り始めていた。

それだけに六郎兵衛は作之進に眩しさを感じて、どうして自分を稽古相手にしてくれるのだろう、と訝しく思うことがあった。六郎兵衛の剣技も長足の進歩をとげてはいたが、作之進にははるかに及ばず、ほかに腕が立つ、同年代の者もいるのだ。

やがて、六郎兵衛は作之進の屋敷を気軽に訪れるようになり、ある日、作之進の書斎で向かい合ったときに、思い切って訊いた。

作之進は困ったように顔をそむけ、

「それは、わたしにもよくわからない。そなたの剣の筋がよいのが、気に入った最初だが、それだけではないかもしれないな。言ってみれば、何となくそなたとのことは生まれる前の前世から決まっていたような気がするのだ」

「前世からでございますか」

六郎兵衛は目を丸くした。

「そうだ」

作之進はつぶやくと立ち上がり、縁側に出て庭を眺めた。

春だった。

庭の桜が開き始め、陽光に輝いている。

「城井谷の桜が見事だそうだな。一度、見にいかぬか」

作之進は背を向けたまま言った。

早良村の城井谷は領内の桜の名所で、桜の季節ともなれば藩士たちは家族連れや友人同士で弁当を持って出かける。

「よろしゅうございますね」

六郎兵衛はにこりとして答えた。

「そうか、ならば家の者に弁当を作らせるから出かけようか。城井谷を少し登ったところには温泉があって小屋掛けがしてある。花見の後で温泉につかるのも、なかなかいいものだぞ」

はい、と六郎兵衛はうなずく。

このとき、六郎兵衛は城井谷での花見がどのようなことにつながるか、まったく予想していなかった。


十日後――

非番の作之進は六郎兵衛を誘って城井谷に向かった。弁当は竹籠に入れて六郎兵衛が持った。

作之進は道すがら、城井谷が戦国のころ、戦で敗れた兵が逃げ込んだものの絶壁に囲まれて山越えができず、追い詰められたあげくに討ち取られたことから、昔は〈逃れ谷〉と呼ばれていたらしい、と話した。

六郎兵衛は作之進に従いながら首をかしげて、

「逃れることができなかったのに、〈逃れ谷〉なのでございますか」

と訊いた。

「そうだ。奇妙なようだが、何とか逃げて命を永らえたかった兵たちを憐れんでのことなのだろうな。それ以来、城井谷には見事な桜が咲くようになったそうだ」

作之進はゆっくりと歩きながら答えた。

春の日差しは温かく、歩き続けると汗ばむほどだった。

やがて、早良村に入って山道をたどり、城井谷に入った。やや小高くなったところから城井谷を見下ろすと、一面の桜が息を呑むほど美しい。

「芳賀様、見事なものでございますね」

六郎兵衛の嘆声に、作之進はにこりとした。

「そうであろう。そなたに一度、見せてやりたかったのだ」

作之進はそう言いながら道を下っていく。

六郎兵衛が後ろから歩いていくと、一陣の風が吹いて桜の花びらが舞った。

作之進が桜吹雪に包まれたのを見て、六郎兵衛は思わず立ち止まり、呆然とした。

この世にこれほど美しいものはない、という気がした。

なぜか涙が出そうになった。この美しさもいつかは失われてしまうのか、という無残な思いも同時に湧いた。

神仏はなぜ、この世に美しいものを送りながら、最後には奪うのだろうか。それならば、美しいものなど知らなかったほうが嘆かずにすむではないか。

六郎兵衛がそんなことを考えていると、作之進が振り向いた。

「どうした。腹がすいたのならば、弁当にしようか」

微笑む作之進に向かって小走りに近づきながら、

「はい、おなかが空(す)きました」

と大声で言った。

もっと、ほかのことを告げたかったのだが、何を言ったらいいのか、わからなかった。

日頃、花見に来たひとびとが弁当を使っているらしい場所にある小さな岩の上に並んで腰を下ろし、弁当をひろげた。

握り飯を食べ、竹筒の水を飲みながら、作之進が、こんな歌を知っているか、と訊いて詠じた。

吾(わ)が背子(せこ)と二人し居れば山高み
　里には月は照らずともよし

六郎兵衛には歌の深い意味はわからなかったが、作之進がこうして自分とともに過ごしている時を大切に思ってくれているのだ、と感じた。

「よい歌でございます」

六郎兵衛が素直に言うと、作之進はうなずく。

「思いをかけた友とともにいることができるのなら、ほかには何もいらぬということであろうな」

作之進は六郎兵衛を見つめた。

なぜ、それほどまでに、と六郎兵衛は胸の奥で思った。作之進はどうして自分に思いをかけてくれるのだろう。

そのことがいくら考えてもわからない。作之進の心に報いることができるほど文武にすぐれ、見た目もよかったらいいのに、と悲しくなった。

六郎兵衛は竹筒の水を飲み干した。

「芳賀様、わたしはこれから、もっと剣の稽古に励みます。そして学問もいたします」

六郎兵衛の唐突な言葉に、作之進は笑った。

「そなたはいまのままでよい。いや、いまのままでいてくれたほうが、わたしは嬉しい」

「なぜでございましょう。わたしは何の取柄もございません」

六郎兵衛がうつむいた。

「しかし、そなたはきれいな心を持っている」

「そんなことはございません」

「いつか、道場の軒下に燕が巣をかけたことがあったな。その巣からひなが一羽、地面に落ちたことがあった。そなたは梯子をかけてひなを巣に戻してやった」

作之進に言われて六郎兵衛は思い出した。

巣から落ちたひながこのままでは死んでしまうと思って巣に戻してやった。道場の仲間たちからは、何をしているのだ、とひやかされたが、何とか助けたいと思った。

それからは、ひなのことが気になって道場に行くたびに燕の巣を見にいった。六郎兵衛がいつも巣を見ているので、まわりから、

――燕の番人
と揶揄された。そしてひなが成長し巣立って、親とともに飛び去ったときは本当に嬉しかった。

青空を飛び去る燕をいつまでも見続けていた。

（あのときのことを芳賀様は覚えていてくださったのか）

恥ずかしく思いながらも喜びが湧いた。

「さて、弁当が終わったら温泉に行くか」

六郎兵衛は、はい、と笑顔で答えた。

温泉は城井谷の端から少し上ったところにあった。戦国のころは戦での怪我を癒すための、

——隠し湯

だったらしい。岩場に温泉が湧き、湯気がこもっていた。

数カ所に小屋掛けがしてある。

作之進はひとつの小屋に入ると、着物を脱ぎ、下帯はつけたまま、たくましい裸身を見せて岩の間の湯につかった。

六郎兵衛も後に続き、下帯だけの姿で温泉に入る。湯の中を作之進に近づいて、

「お背中を流しましょうか」

と言った。作之進は笑った。

「よけいな気を遣うな」

「ですが、年少のわたしの務めではありませんか」

六郎兵衛が口を尖らせると作之進は、

「そんなことより、景色を見なさい。温泉に入って眺める桜は格別だぞ」

とうながした。

はい、と答えて六郎兵衛は温泉の端に行く。岩につかまり、伸びあがって下に見える桜を眺めた。

「桃源郷のようでございます」

六郎兵衛が言うと、作之進は水音をさせながら近づいてきた。

六郎兵衛の背後に立った作之進は、

「まことによい眺めだな」

とつぶやいた。

声が少しかすれている。

どうしたのだろう、と思ったが、六郎兵衛は振り向かなかった。そうしてはいけない、と感じた。

六郎兵衛は岩につかまってさらに伸びあがり、桜を見まわした。

風が吹いた。

桜吹雪が舞った。

作之進が六郎兵衛に寄り添い、背後から抱きしめてきた。

「芳賀様——」

六郎兵衛は頭の中が真っ白になった。

どうしたらいいのか、わからなかったが、作之進に恥ずかしい思いをさせてはいけない、ととっさに考える。

作之進のなすがままにしていた。

いつの間にか作之進と向かい合っていた。ゆっくりと作之進が口を重ねてきた。

六郎兵衛は息を止めた。

不思議なほどやさしい気持になっていた。

六郎兵衛は、気がつくと作之進とともに小屋にいた。

「帰ろうか」

作之進に声をかけられて着物を身につけ、袴(はかま)をはいた。下帯は濡(ぬ)れたままだったが、気にならなかった。

作之進は無言で小屋を出ていく。その背に六郎兵衛は思い切って、

「温泉は気持ようございました」

と声をかけた。

作之進は振り向いた。悲しげな眼をしている。なぜ、そんな眼をしているのだろう。六郎兵衛は近づいて励ましたいと思った。

だが、何と言ったらいいのか、わからない。どのような言葉を口にしても、作之進の心に添わないような気がした。

たったいま起きたことが、衆道の密事なのだということは六郎兵衛にもわかっていた。

武門にとって衆道は恥じることではない。

戦国の世ならば、織田信長も武田信玄、上杉謙信、さらに神君徳川家康公でさえ、衆道の寵臣を持ったという。

京の五山の学僧たちも寵童を慈しんではばからなかった。戦国大名にとって衆道の寵臣は決して裏切らない家臣であり、五山の学僧にとっては女色の戒を犯さずに修行に励むためのものであり、心の通い合いはむしろ清浄である、とされていた。

六郎兵衛にそんな知識はなかったが、作之進と心が通じたことははっきりとわかるだけに、悲しんでもらいたくなかった。

「芳賀様、またここに参りましょう」

六郎兵衛が明るく言うと、男の声が響いた。

「芳賀作之進、けっこうな物を見せてもらったぞ」

作之進がはっとして身構えた。六郎兵衛は蒼白になって立ち尽くす。

若い三人の武士が作之進たちをつけるように道を下ってきていた。その中のひとりを睨んで、作之進はうめいた。

「柴省吾――」

省吾は薄笑いを浮かべて近づいてくる。

十五

「芳賀、稚児をかわいがるのもいいが、ひと目があることを忘れてはいかんな。さようなところを百姓、町人に見られれば、お家の恥ともなりかねんぞ」

省吾はにやにや笑いながら言った。

「お主、どこにいたのだ」

作之進は声を押し殺す。

「隣の小屋にいたよ。貴様はなにやら夢中になっておって気づかなかったのだろう」

「偽りを言うな、隣の小屋にはひとの気配はなかった」

作之進はひややかに言った。

「なるほど、それぐらいの用心はしたということか。有体に言えば、花見をしに来て貴様に気づいたゆえ、遠くから後をつけた。先ほどの温泉が見下ろせる場所まで行っておお主たちを見ておったのだ」

作之進は目を閉じた。

「お主は武士の情けということを知らぬのか」

せせら笑った省吾が、

「武士の情けだと。貴様の邪魔をしなかったことこそが武士の情けではないか。それを逆恨みされてはかなわぬな」

と言うとほかの若い武士たちもどっと笑った。

作之進は黙って耐えていたが、

「お主たちとはこれ以上、関わるまい」

と背を向けた。すると、省吾が追い打ちをかけるように、

「貴様、近ごろ勘定奉行の矢藤三右衛門(やとうさんえもん)様の娘と縁談が進んでおるそうだな。今日のこと、矢藤様に申し上げたら、せっかくの縁組が壊れるのではないか。どうする、矢

藤様に言われたくなかったら、頭を下げて頼まぬか」

省吾は作之進の背中を睨みつけた。

「勝手にすればよい。わたしはもともと矢藤様の娘を妻に迎えるつもりはなかった」

作之進は言い捨てて去ろうとした。だが、省吾は執拗にからむ。

「ほう、その稚児がさほどによいのか。見れば美童とは言い難い。蓼食う虫も好き好きと言うが、芳賀はそのような者を相手にするとはよほど物好きだな。わたしなら願われてもごめんだぞ」

作之進はゆっくりと振り向いた。その様子を見て、六郎兵衛はあわてて駆け寄った。

「芳賀様、わたしは何と言われてもよろしいのです。怒られてはなりません」

省吾はさらに冷淡に言葉を継いだ。

「ほう、なかなかけなげな稚児殿だ。それゆえかわいいのだな」

作之進は六郎兵衛の肩に手をかけて、

「しばし、下がっておれ」

と鋭く言って前に足を踏み出した。

省吾の顔に緊張が走る。

「貴様、わたしたちを斬るつもりか」

「恥辱を受けたからには晴らさなければ、武士の面目が立たぬ」

作之進が刀の柄に手をかけると、省吾たちはいっせいに刀を抜いた。省吾が、

――斬れっ
とわめいた。

その声に応じて省吾の両脇のふたりが、気合を発しつつ斬りかかった。斬り込みをかわした作之進がゆらめくように動いたかと思うと、ふたりは同時に血しぶきをあげて倒れた。

だが、そのときには、省吾はかなわぬと見て、背を見せると脱兎のごとく駆け出していた。

「待てっ」

作之進は追おうとしたが、省吾の姿はたちまち遠ざかる。

「しまった。奴を先に斬るべきであった」

作之進はうめいて、倒れたふたりの若い武士を見下ろした。

作之進は、六郎兵衛に先に帰るように命じ、村役人にふたりを斬ったことを届け出た。この時、作之進はなぜか、省吾がいたことは言わなかった。

斬ったふたりは絶命しており、省吾がひとり逃げたことを言えば臆病者の誹りは免れず、切腹しなければならない。しかし、それでは省吾は温泉でのことを話して死ぬだろう。

作之進が何も言わず、ふたりとは些細なことで喧嘩になって斬り合ったことにすれば、六郎兵衛との密事が表沙汰になることはないと考えたのだ。

目付の取り調べを受けた後、作之進は自宅で腹を切った。

六郎兵衛は作之進のあまりにもあっけない最期に、数日の間、涙が止まらなかった。

一年後――

柴省吾が下城して大手門近くの馬場にさしかかったとき、夕闇の中に佇む小柄な影に気づいた。

省吾は近づいて、相手の顔を見定めるとつめたい笑みを浮かべた。

「これは死んだ芳賀作之進の稚児殿ではないか。かようなところで何をしておる」

「あなたを待っていました」

六郎兵衛は平然と答えた。

「わたしを待っていただと。何の用事だ」

省吾は口をゆがめた。

「近頃、あなたは城中で芳賀様を誘っておられると聞きました」

六郎兵衛が省吾を鋭い目で見つめる。

「それがどうした。芳賀が城井谷の温泉で稚児と戯(たわむ)れているのを見られたから、ふたりを斬ったのだ、と真(まこと)のことを話しただけだぞ」

「ならば、あなたがふたりの方を見捨てて逃げた卑怯者であることも話したらいかがですか」

厳しい口調で六郎兵衛が言うと、省吾は目を細めて殺気を放った。

「なるほど、そのことを知るそなたを生かしておいては、わたしの出世の妨げとなるようだな」

「わたしもあなたを生かしておくわけには参りません」

六郎兵衛は刀の鯉口(こいぐち)に指をかけた。

「ほう、衆道の義理により、芳賀の仇討(あだう)ちをするというのか。まことに殊勝なことだな」

「芳賀様は心の美しい方でございました。あのような方を汚(けが)すあなたが許せません」

省吾が嗤(わら)った。

「戯言(ざれごと)を聞く耳は持たぬ」

六郎兵衛は間合いをとって、刀を抜いた。省吾は六郎兵衛の動きを目で追いながら、ゆっくりと刀を抜き放つ。

六郎兵衛はすっと間合いを詰める。省吾がそれに応じて斬りかかり、刀を打ち合った。金属音が響き、火花が散った。

「稚児殿、少しはできるな。芳賀の仕込みがよかったと見える」

省吾は正眼に構えて六郎兵衛に言った。

「芳賀様のことは口にするな」

六郎兵衛はさらに斬り込む。すると、省吾はすっと下がり、さらに背を見せて走り出した。

「逃げるか」

六郎兵衛が追うと、省吾は突然立ち止まり、振り向きざまに斬りつけてきた。六郎兵衛は刀で省吾の斬撃(ざんげき)を受け止めた。

同時に刀を大きく回して、省吾が引こうとしていた刀を打つ。

がきっ

と音が響いて、省吾の刀が真ん中から折れた。

「貴様――」

省吾が歯嚙みしたときには、六郎兵衛は宙を跳んでいた。

呆然と立ち尽くしていた省吾の首筋を斬ると、地面に降り立った六郎兵衛はそのまま夕闇の中を駆け去った。

その夜のことは、省吾が辻斬りにあったということになった。

まだ十六歳の六郎兵衛に、省吾を斬るほどの腕があるとは誰も思いもしなかった。

とっさに使った〈鬼砕き〉の技を六郎兵衛が仕上げるのは後年のことである。

六郎兵衛は省吾を斬った夜から無口になり、ひとと交わらないようになった。寡黙で剣の修行だけに明け暮れる六郎兵衛は、地味で目立たないまま日々を過ごすようになった。

五年後――

二十歳を過ぎた六郎兵衛は道場で稽古していて、ふと、

――三浦圭吾

という少年に目を止めた。

なぜか懐かしい気がした。しばらくして、圭吾が木刀を振るうときの表情が芳賀作

之進にそっくりなのだ、ということに気づいた。

六郎兵衛の胸に、一度に思い出が湧きあがった。

それは圭吾への衆道の思いではなかった。亡くなった作之進がいとおしさを増して、蘇ったように思えたのだ。

(わたしは作之進様を守ることができなかった)

六郎兵衛の胸に作之進の面影が浮かぶ。

六郎兵衛は圭吾の前に立って、声をかけた。

「稽古の相手をしていただけないか」

それがすべての始まりだった。

## 十六

圭吾は夜、寝ていて夢にうなされるようになった。

時にうめき声をあげて目を覚ます。そんなとき、圭吾は寝汗をびっしょりとかいている。

「旦那様、どうなさいました」

隣の布団で寝ていた美津が心配そうに声をかける。

「いや、何でもない」

圭吾はそう答えるが、なぜうなされるのか、自分でもわかっていた。

不安なのだ。

勘定奉行になって以来、下僚たちはあたかも圭吾を恐れるがごとく仕えているが、腹のうちはよくわからない。少なくとも圭吾に親しみは見せておらず、打ち解けた会話などは皆無なのだ。

ただ、日々の仕事を行っているだけで、下僚たちは圭吾と目を合せようとすらしない。その不気味さは美津に話してもわからないだろう。

すべては圭吾が勘定方の帳簿を丹念に調べてからのことだ。それで圭吾が何かをつかんだというわけではない。ただ、

(何者かが綿密に帳簿を操作している)

圭吾はそう思った。

見えないところで、藩庫にあるはずの金が持ち出されているのではないか。その金は藩の闇の中でどこかに運ばれ、消えているのだ。

このことを問い質した圭吾に帯刀は、

――すべては殿の思し召しだ

と言った。その言い方はまんざら虚言ではなく、藩の秘密をひそかに漏らしたような気配があった。

しかし、藩主が藩庫の金をわざわざ私しなければならない理由が思い当たらない。必要があればそのことを家老に申しつければいくらでも勝手にできるではないか。

そう思いつつも、ひょっとして、という気がするのは、蓮乗寺藩四万石は、藩境を接する忍坂藩十二万石の支藩だからだ。

忍坂藩の藩祖永野讃岐守康景と弟の主膳孝景は、徳川家康に仕える譜代として臨んだ大坂の陣での毛利勝永との激戦で、抜群の武功を兄弟そろってあげた。

家康は主膳孝景に六万石を与える含みで、康景に十六万石を与えた。しかし、兄である康景は理由を設けて、孝景には四万石しか与えなかった。

孝景は兄に服して、このことに不満を洩らさなかったが、それだけに蓮乗寺藩には、忍坂藩とともすれば対等であろうとする気分が強かった。

このことに配慮して忍坂藩では蓮乗寺藩との養子縁組を重ね、いまの蓮乗寺藩主利景は、忍坂藩主貞景にとって四人兄弟の末弟である。

だから本藩と支藩の対立のようなものはないはずだ。しかし、養子で蓮乗寺藩に入った藩主と家臣との間に、わずかながら溝のようなものがあることは圭吾も感じていた。

帯刀が言った言葉が、それと関わりがあるのかどうかはわからない。だが、帯刀と嘉右衛門の派閥の対立だけに止まらない暗流が蓮乗寺藩にはあるのかもしれない、と圭吾は思うようになっていた。

その暗流がもっとも渦を巻いているのが勘定方なのだとしたら、圭吾が帳簿に不審を抱いて調べたことは、暗流に手を突っ込んだことになるのかもしれない。

本来なら帯刀から派閥を譲られた圭吾を、助けようとする者がいてもいいはずだ。ところが、帯刀は派閥を譲ったと称しながら、会合は自らの屋敷で開かせていた。

さすがにその場には出てこないものの、圭吾は会合を終えた後、その日、話し合ったことを帯刀に伝えてから引き上げるのが常だった。

つまるところ、帯刀は派閥をいまもなお牛耳っており、圭吾は形ばかりの領袖に過ぎない。おそらく派閥の幹部たちは圭吾のいないところで、いまも帯刀と密議をしているのだ。

馬鹿馬鹿しいと思うが、いまさら派閥を脱すれば家中で孤立して閑職に追いやられ、陽の目を見ないことは明らかだった。

やむを得ないと自分に言い聞かせ、砂を噛むような思いで圭吾は登城していた。

そんな心持ちがわかるのか、六郎兵衛はある日、早めに下城して屋敷に戻った圭吾に、

「ひさしぶりに稽古をして汗を流されてはいかがか」

と庭から声をかけた。

二本の木刀を手にしている。

憂鬱(ゆううつ)そうな圭吾の気持を剣の稽古で晴らそうというのだろう。

六郎兵衛が血を吐いたのはひと月前のことで、いまではかなり恢復(かいふく)しているようだ。

六郎兵衛を見て圭吾はふと気分を変えたくなり、

「一手、教えていただきましょうか」

と応じた。かたわらで圭吾の着替えを手伝っていた美津は微笑んで、

「それはよいことでございます」

と言って縁側に控えた。

圭吾が着流しで素足のまま庭に下りると、六郎兵衛も下駄(げた)を脱いだ。木刀を圭吾に渡した六郎兵衛は、間合いをとってから正眼に構えた。

圭吾も正眼の構えだ。

りゃあ

気合を発して、六郎兵衛が打ち込んでくる。圭吾はこれを木刀で受けたが、手が痺れるほどの打撃だった。

六郎兵衛は続けて打とうとはせず、すっと退いて、

——参られよ

と声をかけた。

かつて道場で稽古をつけてくれたころの毅然とした六郎兵衛がそこにいた。

圭吾は猛然と打ち込んだ。

六郎兵衛は圭吾の打ち込みを余裕をもって、

かつ

かつ

と弾き返し、気が付いたら間合いを難なく詰めて、圭吾ののどもとに木刀の尖端を擬していた。

「参りました」

圭吾は思わず言った。どっと汗が噴き出す。寝苦しい夜を過ごした後の脂汗ではなく、力を振り絞った気持のよい汗だった。

圭吾は美津が持ってきた手拭いで汗をぬぐい、さらに足の泥も払って縁側に上がった。そして庭から離れに戻ろうとしていた六郎兵衛に、

「稽古をしてのどが渇きました。こちらで茶を進ぜましょう」

と声をかけた。六郎兵衛は黙って頭を下げた。そのまま裏にまわったのは、井戸端で足を洗うためなのだろう。

やがて六郎兵衛が部屋に来たのを見計らって、美津は女中とともに茶を出した。

圭吾は茶を喫しつつ、

「やはり稽古はよいですな。気が晴れました」

と言った。六郎兵衛はうなずいて応じる。

「お勤めで、煩わしきことが多いのでございましょう」

さようです、とだけ答えようとした圭吾はふと気が変わって、

「ひと月前に料亭の帰りに襲ってきた者たちのことですが、樋口殿は心当たりがおありなのですか」

と訊いた。

六郎兵衛はゆっくりと茶を飲み干すと、茶碗を膝前に置いた。そしてかたわらに座っていた美津をちらりと見る。

藩の機密に関わることゆえ、聞かないほうがいいのだ、と察した美津は頭を下げて部屋から出ていった。

六郎兵衛はしばらくして、

「梟衆と申す隠密がいると聞いたことがあります」

「梟衆？」

「さよう、殿の密命により、家臣に不遜な振る舞いがないかを調べ、もし怪しからぬ振る舞いがあれば、ただちに命を奪うという噂でございました」

六郎兵衛は淡々と言った。

「知りませぬ。聞いたことがない」

「わたしの若いころの話でございます。そのころ、わたしは怪しい者たちにつきまとわれました。あるいはあれが梟衆ではなかったかと思います」

圭吾は息を呑んだ。

「樋口殿は梟衆に狙われたことがおありなのですか」

「たしかにそうだ、とは申せません。わたしは若いころ武士の意地にて、さるひとを闇討ちにいたしたことがございます」

六郎兵衛は柴省吾を討ち果たした夜のことを思い出しながら言った。あの夜から数日たって、六郎兵衛は何者かに監視されているような気がした。

その後、夜道で影のような男たちに襲われた。命を奪おうとするほどの執拗（しつよう）な襲撃ではなく、腕前をたしかめるために襲われたのではないか。

襲撃は三度に及んだ。

だが、六郎兵衛がことごとく退けると、ぴたりと止（や）んだ。

あれが何だったのかはわからないが、いまにして思えば、剣筋がひと月前に襲った者たちと似ていたような気がする。

武士の剣捌（さば）きではなく、剣術の裏をかく、忍びの剣だった。

そんなことを話すと、圭吾は腕を組んで考え込んだ。

「もし、あの夜の者たちが梟衆だとすると、わたしは殿のお怒りを買ったのかもしれません」

眉（まゆ）をひそめて言う圭吾に六郎兵衛は、

「さほどまでに思わずともよいかもしれません。わたしは、梟衆はまず脅しをかけるのではないかと思いますから」

「脅しですか？」

「さよう、ご承知のごとく、いまの殿は忍坂藩から来られました。わが藩は代々、他家からの養子が多く、そのため梟衆は藩主を守るために作られたのではないかと思います」

「藩主の護衛ということですか」

「さようです。重臣の動きを監視し、藩主を軽んじる者はこれを始末する。それが梟衆でしょう。そのため、怪しい者には何度か警告の襲撃をするのではありますまいか」

六郎兵衛は考えながら言った。

「だとすると、どう備えたらいいのでしょうか」

「何もせぬことだと存じます」

「何もしないことが身を守ることになると言われますか」

圭吾は目を瞠(みは)った。

「無論、襲われれば防がねばなりませんが、それだけにして放っておけば、梟衆はやがて去るように思います。こちらに、殿に抗(あらが)うつもりがあるのかないのかを見定めれば、それでよいのではないでしょうか」

「では、わたしが殿に逆らおうとする気持がなければそれでいいと」

「そういうことです」

六郎兵衛に言われて、圭吾は気が楽になった。梟衆が六郎兵衛の言う通りに動いているのだとすれば、殿に抗う気持さえ持たなければ安心してよいのだ。

圭吾が若くして勘定奉行になったことは、今村派や沼田派に疑心暗鬼を呼び起こしたが、藩主も警戒したのかもしれない。

その警戒を解くには無心に過ごしていくしかない。思えば、形ばかりとはいえ、派閥の領袖になったと思った瞬間、圭吾の胸にも権勢への野望が浮かばなかったと言えば、嘘になる。

その心持ちが帳簿の不審を調べさせたとも言えた。

そんなわずかな野心の臭気を梟衆に嗅ぎ付けられたのではないか。そこまで考えたとき、自らの野心を殺して生きるとは、まるで六郎兵衛の生き方のようではないか、と思い至った。

圭吾は思わず、

「樋口殿には野心というものはなかったのですか」

と訊いた。六郎兵衛は気の毒なほどうろたえて、

「それはどうでしょうか」

としどろもどろになった。やがてこれではいけないと思ったのか、臍下丹田に力を

こめた気配とともに、

「わが望みは、大切なる友を守ることです」

と言い切った。

圭吾は何と応じてよいのかわからず、庭先に目をやった。

すでに陽が落ち、薄暗がりとなっていたが、何となく艶(なま)めいたものを感じるのはなぜなのだろうか。

十七

翌日、登城した圭吾は嘉右衛門の御用部屋に呼ばれた。

執政会議は数日前にあったばかりで、勘定奉行としての報告も月初めに終えている。何の用なのだろうと思った。

圭吾が御用部屋に行くと、嘉右衛門は腕組みをして何事か考えている。圭吾は、敷居際(ぎわ)に手をつかえた。

「ご家老、三浦圭吾、参りました」

圭吾が声を発すると、嘉右衛門ははっとして、目を遣(や)った。考え事をしていたこと

を悟られまいとするかのように顔をつるりと撫でてから、

——近う
と声をかけた。

圭吾は膝行して近づき手をつかえ、うかがうように嘉右衛門を見る。

嘉右衛門はため息をついた。

「聞いたか、大野伝四郎が右手を斬られたぞ」

「なんと」

圭吾は驚いた。

大野伝四郎は馬廻り役を務め、嘉右衛門にとっては自らの派閥の幹部だった。

嘉右衛門は苦々しげに言った。

「昨夜、大野は下城して屋敷に戻る途中で賊に襲われた。斬り合いになったが、右手を落とされたそうだ。命は助かったが、さような身となってはお城勤めはできぬ。家督を息子に譲って隠居するしかあるまい」

伝四郎は将来、嘉右衛門の派閥を引き継ぐのではないかと思われていた男だった。その伝四郎が突然、隠居に追い込まれたのは、嘉右衛門にとって痛手だろう。

「大野殿を襲ったのは何者なのでしょうか。まさか、夜盗とも思えませぬが」

圭吾が訝しげに言うと、嘉右衛門は鼻で嗤った。

「夜盗などであるものか。おそらく梟衆だ」

「梟衆——」

圭吾は緊張した。嘉右衛門はじろりと圭吾を見た。

「ほう、そなた梟衆のことを知っているのか」

「いささか、耳にしたことがございます」

六郎兵衛から話を聞いたばかりだとは言えない。圭吾が重々しい表情でうなずくと、嘉右衛門は吐息をもらした。

「ならば話は早い。梟衆は殿の隠密だ。おそらく殿は、今村派を継いだそなたと主席家老になったわしを脅しておられるのだろう」

「なぜさようなことを」

圭吾は声をひそめた。藩主が家臣を脅そうとするなど聞いたことがなかった。

「今村帯刀が隠居して、わが藩の人事もいろいろ変わった。それだけに殿は派閥で争ってもよいが、殿のご身辺のことに手を出すな、すなわち殿が使われる金を惜しまぬようにと告げておられるのだ」

「しかし、どれほどの金であろうと、藩庫の金なら殿の気ままにお使いいただけるのではありませんか」

圭吾が言うと、嘉右衛門はぎょっとしたように圭吾を見つめた。

「そうか、帯刀め、そなたに勘定方の隠し金のことを話していないのだな」

「隠し金でございますか」

圭吾は首をかしげた。

「そうだ。いわば殿の御手許金なのだが、なぜ隠し金にしているかと言えば、この金が梟衆の陰扶持になるからだ。本藩から来られた殿は家臣を信じてはおられぬ。梟衆は家臣を監視する隠密ゆえ、その陰扶持を表に出すわけにはいかんのだ」

嘉右衛門はさらに苦い顔になる。

「さようでございますか」

藩主が家臣を信じることができず、隠密を使って身を守ろうとしているとは、何と荒涼とした藩なのだろうと圭吾は思った。

「だがな、殿も闇雲に梟衆を使うわけではない。さようにしてはどうか、と唆す者がいてのことだ」

「誰が唆しているのですか」

圭吾が訊くと、嘉右衛門は陰惨な笑いを浮かべた。

「帯刀に決まっておる。あ奴は阿諛者ゆえ、殿に取り入るのがうまい。それでも派閥の領袖でいる間は、殿とて唆しにのったりはされなかった。だが、帯刀が隠居したいまは違う。殿は帯刀の話に耳を傾けられるようになった」

「それでは、もしや――」

圭吾はどきりとした。

「そうだ。そなたも、襲われたではないか。あれも帯刀の差し金だ。わしには初めからわかっておった」

「なぜそのようなことを」

圭吾は青ざめた。

「わからぬのか。帯刀がお主に派閥を譲ったのは形ばかりのことだ。いずれ自分の倅にでも継がせるつもりで、その間の中継ぎのつもりなのだ。それゆえ、そなたが大きくならぬよう、梟衆を使って脅したのだ」

「さようなことはなさらずとも、わたしは派閥などいつでもお譲りいたしますものを」

慨嘆するように圭吾は言った。

「そんなことを言っているのはいまのうちだけだ。半年ほど派閥を握ってみろ。そのころには正真正銘の自分のものにしたくなる。そういうものだ」

「さようには思えませんが」

圭吾は頭を振る。だが、嘉右衛門は薄く笑って言葉を継いだ。

「まあ、そう思っているがいい。そのうち、自分はこんな男だったかと知って驚くことになるぞ。それより、わしにひとつ手立てがある。それを聞け——」

「何でございましょうか」

圭吾は、何となく嘉右衛門に気圧(けお)されるものを感じた。

自分が帯刀や嘉右衛門のように権勢を追い求めるとはどうしても思えないが、嘉右衛門の言葉にはどこか真実めいたところがあった。

嘉右衛門は圭吾を見すえて声を押し殺した。

「いま話したことで、帯刀がそなたにとっても恐るべき敵であることはわかったはずだ。どうだ、そなたの屋敷にいる樋口六郎兵衛をわしに貸さぬか。そうすれば帯刀を人知れず始末してやるぞ」

「樋口殿に今村様を殺(あや)めさせようというのですか」

圭吾が顔をこわばらせると、嘉右衛門はにやりとした。

「驚くことはあるまい。樋口は、かつてわしが帯刀に差し向けたが失敗しおった。あのとき、樋口にどのような思惑があったのかは知らぬ。それでも、そなたが帯刀の差し金によって襲われたと知れば帯刀を斬るにちがいない。どうやら、樋口はそなたに惚(ほ)れているようだからな」

嘉右衛門の言葉に圭吾はかっとなった。

「ご家老、なぜさような根も葉もないことを言われますか。さような言われ方をされては、もはや、どのようなことでも聞くわけには参りませんぞ」

圭吾の剣幕に嘉右衛門は苦笑した。

「怒るな。戯言ではないか。それよりも樋口を貸せというのはまことの話だ。そなたは、何も言わずともよい。すべてはわしにまかせて、ただわしのもとへ参るよう樋口に言えばよいのだ」

「さようなことはできませぬ」

圭吾は唇を噛んで頭を振った。

「ただ、わしの屋敷に寄越すだけのことではないか。それで、そなたは今村派を掌握できる。命も助かるのだぞ」

嘉右衛門は噛んで含めるように言う。

その言葉には獲物を狙う蛇のようなつめたさと周到さがこもっていた。

この日の夜、屋敷に戻った圭吾は、六郎兵衛には何も言わなかった。ただ、美津には思い余って打ち明けた。

美津は、黙って聞いていたが、

「それでは樋口様にご家老様の屋敷に参られるよう、お伝えすればいいのでございますね」

と落ち着いた口調で言った。

「沼田ご家老はそう言われたが、そんなことはとてもできない」

圭吾は頭を振った。

「さようでしょうか。沼田様が樋口様をどのように使おうとされるのか、わたくしども与り知らぬことでございます」

「知っておるではないか、わたしもそなたも――」

言いかけた圭吾ははっとした。

帯刀は圭吾を傀儡として操ろうとするだけで、真に派閥を譲るつもりはないようだ。嘉右衛門もまた、そんな圭吾を利用しようとするだけで、用が無くなれば切り捨てるに違いない。

若くして勘定奉行になったが、実際には暗い底なしの淵(ふち)のそばに立っているのだ。転落すれば、再び浮かびあがることはできないだろう。

美津は、圭吾が家中で難しい立場になることを案じているのだ。

ふたりとも黙したまま、夜が更(ふ)けていった。

翌日——

圭吾は登城して一日中、勘定方で精勤した。夕刻になって下城し、屋敷に戻ると美津が出迎えた。

「ただいま戻った」

圭吾が刀を鞘(さや)ごと抜いて渡すと、美津は袖(そで)でくるむようにして受け取った。

美津の顔色が紙のように白い。

圭吾は何事か感じて奥へ入り、さらに六郎兵衛の居室になっている離れに向かった。

渡り廊下の向こうの離れは明かりが灯(とも)っておらず、真っ暗だった。

圭吾は廊下を渡って離れに入ると闇にむかって、

——樋口殿

と声をかけた。

「樋口様は今日の午後、用事があると申されて出ていかれました」

追いかけてきた美津が震える声で言った。圭吾は振り向かずに、

「樋口殿にあの話をいたしたのだな」

刀を抱えた美津は悄然(しょうぜん)として、

「申しました。樋口様は黙って聞かれて何も申されませんでした。そして昼下がりになって、用事があるからとお出かけになりました。普段とまったく変わらない穏やかなご様子でした」

と言った。

圭吾は、ああ、とうめいた。

「わたしはそなたが樋口殿にあのことを言うだろうとわかっていた。それを知りながら止めなかった卑怯者(ひきょうもの)だ」

「非道なのはわたくしです。樋口様のおやさしさにつけ込んだのでございます」

美津は涙ぐんでいる。

「美津、そなたは——」

圭吾は言葉を詰まらせた。美津は目を伏せて言った。

「樋口様は良いお方でございます。そのお方にかようなことをお願いするのは、非道

だとわたくしにもわかっております。しかし、今村様の仕打ちはむごうございます。それは沼田様も同じことでございます。旦那様はおふたりの間に立って、身動きがとれなくなっておいでだと思います。このままでは旦那様の生きる道が開かれませぬ」

圭吾は肩を震わせた。

「いまさら、何を言ってもしかたがあるまい。わたしはこれより、沼田様のお屋敷に行って参る」

「何をされるのでしょうか」

美津は圭吾をうかがい見た。

「決まっておろう。樋口殿を連れ戻すのだ」

「ご無用だと存じます。それでは樋口様のご厚意を無にすることになります」

「それはわたしたちの勝手な理屈だ」

圭吾の激しい口調に、美津は涙ながらに訴えた。

「さようなことはございません。樋口様は出ていかれるときに言われたのです。追わないでくれと。あの方はわが家から去られたのです」

そう言われて、圭吾の脳裏に燕（つばめ）が曇天の空に向かって飛び立つ様が浮かんだ。

（あのひとは本当に去ったのだろうか）

圭吾は唇を噛んだ。

## 十八

二日後——

今村帯刀が屋敷の中で死んでいるのが見つかった。

明方、厠の近くの廊下で倒れていた。

朝になって女中が廊下を拭き掃除しようとした際、帯刀が倒れているのに気づいた。

外傷はなく、心ノ臓の発作で息絶えたのではないかと見られた。

念のために呼ばれた藩医の中井藤庵も、

「起き抜けに厠に行って発作が起きるのは、お年を召された方にはよくあることです」

と言った。それでも藤庵は帯刀の全身を調べて、盆のくぼをあらためた時、眉をひそめた。緊張した表情になった藤庵は何も言わず、今村家を辞した後、沼田嘉右衛門の屋敷を訪ねた。

まだ登城前で屋敷にいた嘉右衛門に会った藤庵は、ひそひそと何事か話した後に辞去した。

嘉右衛門はそのまま登城し、御用部屋に入るなり、小姓に圭吾を呼ばせた。

圭吾が御用部屋に来ると、嘉右衛門は何げなく手招きして側に寄らせ、

「聞いたか。帯刀が今朝方、死んだぞ」

と告げた。圭吾は青ざめたが何も言わない。そんな圭吾を見て、嘉右衛門は吐き捨てるように言った。

「やはり、そなたの仕業か。三浦圭吾はおとなしそうな見かけと違って、恐ろしい男だな」

圭吾は何の事かわからないといった表情で、

「今村様はどのようなお亡くなり方だったのでございましょうか」

と訊いた。

嘉右衛門はじろりと圭吾を睨んだ。

「とぼけるな。帯刀は何の傷もなく死んでいたゆえ、家人は心ノ臓の発作だと思ったようだ。しかし、中井藤庵があらためたところ、盆のくぼに小柄で突いたような痕があったそうだ。藤庵の話では盆のくぼを深くさせばひとを殺せるそうだ」

「では、何者かが――」

圭吾の額に汗が浮かぶ。

「さような真似ができるのは正木道場の天狗と言われた樋口六郎兵衛しかおるまい。そなた、なぜ樋口をわしのもとに寄越さなかった」

圭吾は息を呑んだ。

「樋口殿は、ご家老のもとに参らなかったのでございますか」

「来ぬとも。もし来れば、帯刀を殺めるのに日時や場所を考えた。しかも斬るのではなく、心ノ臓の発作に見せかけて殺させたりなどはせぬ。これではただの病死だ。家中への脅しにはならぬ」

「さようでございますか」

呆然とした様子で圭吾はつぶやいた。嘉右衛門は圭吾をつめたく見つめた。

「もし、そなたが何も知らぬのであれば、樋口はおのれの考えで帯刀を殺めたということになるな」

「わたしは妻を通じて、樋口殿に沼田様のお屋敷に参るよう伝えてございます」

嘉右衛門が自分の顔を手で撫でた。

「樋口め、わしの命に従わず、そなたの苦境を救ったというわけか」

あたりを見まわしてから、嘉右衛門は低い声で言葉を添えた。

「樋口はいまもそなたの屋敷にいるのか」

「いえ、去りましてございます」

圭吾ははっきりと答えた。

「そうか、もし、樋口がふたたび、そなたの屋敷に来たならば、すぐに報せろ。始末せねばならぬ」

圭吾は嘉右衛門を見すえた。

「樋口殿を殺すのでございますか」

「今村帯刀を殺めた男だぞ。もし家中の者に捕らわれれば、われらとの関わりを白状するかもしれぬ」

嘉右衛門は苦い顔になって、わしにすべてまかせておけば、かようなことにならなかったものを、とつぶやいた。

嘉右衛門は六郎兵衛に帯刀を斬らせた後、すぐに殺してしまうつもりだったのだ。

圭吾は頭を下げて御用部屋を出た。

この日、下城した圭吾は美津に帯刀が死んだことを伝えた。

美津はうなだれて、

「では、樋口様は、沼田様のもとには行かずに今村様を殺められたのですね」

「そうだ。おそらく、沼田様は樋口殿を口封じのために殺すつもりだったろう。そうなればわたしも、ただではすまなかったかもしれぬ。樋口殿はわたしを守ってくださったのだ」

圭吾はため息をついた。

「樋口様に、申し訳ないことをいたしました」

美津は涙声になった。

「だが、これで、わたしは今村様から操られずにすむ。派閥の者たちに動揺はあるだろうが、とりあえずわたしを領袖としてやっていくほかはあるまい。それに今村様を殺めようとした沼田様も、わたしに弱みを握られたも同然だ。しばらくわたしをつぶすことはできないだろう」

圭吾が言うと、美津は悲しげに応えた。

「すべては樋口様のおかげでございますね。もはや、樋口様にはお会いできぬのでしょうか」

ひとたび去った六郎兵衛がまた姿を見せることはあるまい、と言いかけた圭吾は、もし六郎兵衛が戻ってくれば、圭吾が帯刀の暗殺に関わったことが露見するのだ、と思い当った。

そうなれば、すべてを失い、腹を切ることになる、と考えて圭吾はぞっとした。

三日後――

圭吾が勘定方で帳簿を見ていると、藩主利景つきの小姓が御用部屋に来て、

「殿のお召しにございます」

と告げた。

「わたしをお呼びなのか――」

圭吾は驚いた。主君、永野利景と顔を合わせたことは御前での執政会議と新年の賀のときぐらいしかない。しかも御座所に呼び出されるなどは初めてのことだった。

圭吾が立ち上がると、小姓は前に立って案内した。だが、小姓が圭吾を連れていったのは御座所ではなく、茶室や能舞台などがある奥庭だった。

茅葺の茶室の前に立った小姓は、

「勘定奉行、三浦圭吾殿でございます」

と声をかけた。中から応えはなかったが、小姓はにじり口から上がるようにうながした。裃姿の圭吾はとっさに脇差を小姓に預けて、茶室に入る。

利景は羽織袴姿で炉の前に座り、もうひとり、黒い着物の男が末座に控えるようにして座っていた。

炉の茶釜が松籟の音を響かせている。

男は三十過ぎの地味な顔立ちの男だが、上士ではないことはすぐに見てとれた。

(何者だろう)

圭吾は訝しく思いながら座った。すると、利景はにこやかに、

「今日は新任の勘定奉行に茶を振る舞おうと思ってな」

と言いながら、作法通りに茶を点て始めた。

「恐れ入ります」

なぜ呼ばれたのかわからないまま、圭吾は頭を下げた。

利景は四十を超えている。ふくよかな体つきで、穏やかな表情の丸顔である。大名というよりも富裕な商人のように見えた。

利景が圭吾の前に茶を点てた黒楽茶碗を置いた。緑の茶が楽茶碗の黒色の地肌に映えて美しい。

圭吾がひと口喫して、相席であろうと思える男に茶碗をまわそうとすると、利景はさりげなく、

「その者は足軽身分だ。茶は飲ませずともよい」

　と言った。

　男は手をつかえ頭を深々と下げた。

「足軽の大蔵と申します」

　低いがよく通る声だった。

　なぜ、足軽が藩主の茶室にいるのか、と圭吾は驚いた。

　利景が圭吾に顔を向ける。

「大蔵は、梟衆の頭だ。今日は、そなたに引き合わせるために茶室にあげたのだ」

　梟衆の頭と聞いて、圭吾はあらためて大蔵を見た。地味でどこにでもいるような男だが、引き締まった体つきは武術で鍛えたものかもしれない。

　ふと、大蔵は六郎兵衛に似ている、と圭吾は思った。

　利景は自分のために茶を点てて喫してから、

「三浦は梟衆のことはどれほど知っておる」

　と訊いた。圭吾は用心して答える。

「殿の隠密とだけ耳にしたことがございます」

「そうか。だが、わしの隠密だとは言うても、扶持のことなどもあるゆえ、梟衆は代々の執政の中からひとりを選んで預けるのが決まりだ。そのことをほかの執政は知らぬ」

淡々とした利景に圭吾が何と答えていいかわからず、黙っていると、

「いままでは今村帯刀に預けておった」

利景はぽつりと言った。

圭吾は息を呑んだ。嘉右衛門もそのことは知らないようだが、帯刀が梟衆を動かすことができたのは、そのためだったのか、と思った。

いや、それだけでなく、永年、帯刀が権勢を振るうことができたのも、梟衆を預かり、常に利景の内意を受けていたからなのだ。

「だが、帯刀は死んだゆえ、いまは預かる者がおらぬ。それで、そなたに預けることにしたのだ」

利景は何でもないことのように告げた。

「それがしが梟衆をお預かりいたすのでございますか」

圭吾が思わず訊き返すと、利景は微笑した。

「そうだ。不服か」

「滅相もございません。ただ、今村様亡き後の執政では沼田ご家老がおられますが」

圭吾は手をつかえ、利景をうかがい見た。

「たしかに沼田はおるが、あの者は近頃、増上慢になっておる。しかも帯刀をひそかに殺めたのは、沼田であろう。梟衆を預けた帯刀を殺した沼田に梟衆を預けるわけにはいかぬのだ。それで、そなたを選んだ。どうだ、引き受けるか」

利景はゆっくりと言った。圭吾は頭を下げたまま、

「お受けいたします」

と答えた。そう言うしかない、と肚を決めた。

利景は、はっは、と笑った。

「これは話が早くてよかった。今後は大蔵がわしの意を伝えるゆえ、それに従って動け。意見具申は許すが、帯刀のように、わがために利用しようとしてはならぬぞ。此度は樋口六郎兵衛が殺めたが、さもなければ梟衆に帯刀を斬らせるところであった」

利景は何もかも知っているのだ、と思って圭吾はぞっとした。だとすれば六郎兵衛が圭吾のために帯刀を殺したことも、利景は知っているのかもしれない。

圭吾は背筋につめたい汗が流れるのを感じた。

利景はにこやかな表情で話を続ける。

「三浦はとんだ役目を押し付けられたと思うかもしれぬが、わしは家中を誰が取り仕

切るかに介入はせぬ。いや、いままでは梟衆を預けた者が家中で一番の権勢を握ってきた。わしに逆らいさえせねば、そのようにできるのだ」

利景に言われて圭吾ははっとした。

梟衆を預けられたということは、家中の者たちの秘事を知り、さらに利景の意に逆らうという名目で、敵対する者を殺すこともできるということだ。

「どうだ、よい話であろう」

利景は押し付けるように言った。

「まことにありがたく存じます」

圭吾は平伏して答えた。これで、藩内を牛耳る権勢への道が開かれたのだ、と思った。すると、嘉右衛門が言った、半年もすれば自分の派閥にしたくなる、自分はこんな男だったかと知るだろう、という言葉が耳の奥に蘇った。

梟衆を預かると聞いたとき、圭吾の中にいままで思ってもみなかった権勢欲がむくりと起き上がったのだ。

## 十九

翌年の春――

蓮乗寺藩は緊張に包まれていた。主席家老、沼田嘉右衛門が藩の金を私(わたくし)していた疑惑が持ち上がったのだ。

このことを明らかにしたのは勘定奉行、三浦圭吾だった。嘉右衛門は今村帯刀の急死後、権勢を一手に握り、圭吾が率いる旧今村派は力を失っていた。

かつて帯刀の屋敷で開いていた月一回の派閥の会合も、圭吾の屋敷で開くようになると櫛(くし)の歯が欠けるように出席者が減っていった。

旧今村派から抜けて様子を見ようとする者はまだ、ましなほうで、すぐに沼田派に鞍替(くらが)えする者も珍しくなかった。

嘉右衛門は旧今村派から移ってきた者を粗略にせず、それぞれの能力に応じて遇したので家中での評判もあがった。かつて今村派と沼田派の激しい派閥争いを見てきた藩士たちは、嘉右衛門が旧今村派を干し上げないのであれば、むしろ沼田派一本にまとまるほうがいいのではないかと考えるようになったのだ。

圭吾の屋敷での会合に出るのは、いままでの行きがかりで沼田派に行くわけにはいかず、かといって派閥に属さないほどの度胸もない者たちばかりだった。

このため会合でも気勢はあがらず、圭吾に暗に酒を出すように要求した。今村屋敷での会合でも最後は酒になったが、まずは派閥としての議題を話し合ってからのことだった。

しかし、圭吾の屋敷に集まるものたちは話もそこそこに酒を求め、後はたがいに愚痴を言い合い、沼田派の隆盛ぶりに羨望をもらすなどするだけである。

酒席に美津が顔を出すことはなかったが、酒や膳を運ぶ若い女中に卑猥な言葉を投げかけ、中には尻をさわろうとする者までいた。

女中たちが困っていることを知った美津は圭吾に、

「これではわが家の示しがつきません。会合はどこぞの料亭でも開かれたほうがよろしくはありませんか。そのほうが来られる皆様もお喜びになると存じますが」

と皮肉まじりに言った。圭吾は苦笑して、

「まあ、そう言うな。いま、料亭で会合を開けば、その金はどこから出ているのだと痛くもない腹を探られることになる」

と答えた。美津は眉をひそめた。

「ですが、ここに来られている方々はだらしないだけでなく、家中でも力のない方たちばかりではございませんか。旦那様のお役に立っていただけるのでしょうか」

「そうでもないぞ、若手では小石又十郎、榊三之丞、横江太三郎などがおる。この者たちはいずれも役に立つだろう。ただ、軽格ゆえ、沼田派に行っても浮かばれぬから、わたしのもとに来ているのだ」

　圭吾は自信ありげに言った。

「とは申されましても、会合があの有様では、その方たちも愛想が尽きるのではありませんか」

　なおも美津は危ぶんだ。

「案じるな。それゆえ、若手の三人だけを料亭に呼び出してひそかに話をしている。わたしの真の派閥はこの三人だけだ。屋敷に来て酒を飲んでいる連中は沼田派の目をごまかすための、いわば案山子(かかし)だ」

「案山子でございますか」

　美津は目を丸くした。同時に、圭吾はいままで、このような謀(はかりごと)をする人柄ではなかったはずなのにと思った。

「旦那様は、おひとが変わられたのでしょうか」

「いや、なにも変わってはおらぬ。ただ、身を守る術(すべ)を身につけようとしているだけだ」

「身を守る術とはどのようなことでございましょう」

首をかしげて美津は訊いた。

「何ということもない。敵を倒すことだ。それも二度と立ち上がれぬように、止めを刺すまでやらねばならぬ」

どこか楽しげに圭吾は言った。沼田嘉右衛門を完膚無きまでに痛めつけて葬り去るつもりだった。

利景から梟衆を預けられてから、圭吾は不敵な自信を持つようになっていた。梟衆によって、家中の者たちの秘密を探り出し、処罰を与えることができるのだ。この力を派閥の争いで用いれば、沼田嘉右衛門を倒すのは容易なことだと思えた。それまでは、嘉右衛門が大きな顔をしてのさばるにまかせておけばいい。最後にすべてを手にするのは自分なのだと圭吾は思った。

同時に帯刀は梟衆を預けられながら、なぜそこまでしなかったのかと訝しがった。

（帯刀には案外、度胸がなかったのかもしれない）

そう思うと納得がいく気がした。それとともに、自分は思いのほか、このような藩内の争いに長けているようだ、と見直す気がした。

いままで、真面目でひとをしのごうなどとはまったく思っていなかったのに、それができる立場になると、どうしたらよいのか、面白いように考えが浮かんでくる。

（わたしにはそれだけの器があったということなのだ）

圭吾は粛々と手を打って嘉右衛門を追い詰めようと考えた。そんなとき、ふと六郎兵衛のことを思い出した。

圭吾のために今村帯刀を斬り、ひそかに姿を消した六郎兵衛だが、もはや国に戻ってくることはないのではないかという気がしてくる。

（あのひとは腹の病だった。もう死んでいるのではないか）

死んだのではないか、と考えると、わずかに胸に哀惜の情が湧いたが、すぐに消えた。それよりも嘉右衛門を追い落とす策を考えなければと思った。

そんな圭吾を美津はいつの間にか心の通わぬひとになった、と不安な思いで見つめるばかりだった。

嘉右衛門の横領についての疑惑が出る前に、家中では不吉なことが相次いだ。

沼田派の重鎮だった飯尾羽左衛門が、日ごろから好んでいた海釣りに舟で出たまま還らぬひととなった。

海岸に飯尾が使った舟が打ち寄せられ、釣り道具や魚籠はあったものの、飯尾が戻った形跡はなかった。

おそらく海釣りをしていて、大きな波のために舟が揺れて海に落ち、溺れ死んだのではないかとみられた。

　また、もうひとりの沼田派の重鎮、安井掃部は、就寝中に屋敷が火事になり、煙にまかれて逃げ遅れたらしく、焼け跡から焼死体で見つかった。

　いずれも昨年の師走のことである。

　不慮の事故と火災には違いないが、相次いで派閥の幹部を失った嘉右衛門は意気消沈して、年が明けても元気がなかった。

　そんなおり、勘定方で帳簿を調べていたところ、使途不明の金が三百両ほど出てきた。圭吾が勘定奉行になる前の使途不明金で帳簿上は決着がつかないまま、先送りされてきたものだった。

　三百両といえば大金だが、勘定奉行の裁量で細かに分けてほかの支出の額を増やすなどすれば、ごまかせないわけではなかった。しかし、圭吾は闇に葬らずに執政会議に報告して明るみに出した。

　嘉右衛門は顔色も変えずに、

「なんと、昔のことをほじくり出してくるではないか。勘定奉行とはさほどに暇なのか」

　と嘲った。だが、圭吾は落ち着いて、

「しかし、佐原川の堤防造りと、西ノ丸の石垣補修は一昨年のことでございます。なるほど、十年前の干拓や架橋にからむ話もございますが、そのほかいずれも三、四年前のもので、昔とまでは申せますまい」

「しかし、そうだとすると、そなたも勘定方にいたのではないか。そのころに気づかず、今になって言い出す底意は何だ」

嘉右衛門はつめたい目で圭吾を見た。

「底意などありません。それにこれはわたしが調べたことではなく新しく勘定方になった者が帳簿を整理していて気づいたのでございます」

圭吾はさりげなく答えた。

「そうは言うが、新たに勘定方に入った者とは小石又十郎と榊三之丞、横江太三郎であろう。いずれも小普請組（こぶしんぐみ）か郡方（こおりがた）にいた者たちだ。それがそなたの推挙で勘定方となり、さっそく帳簿の不備に気づいただと。見え透いておる。そなたが後ろで操っているに相違あるまい」

言い募る嘉右衛門を圭吾はひややかに見据えた。

「さて、そのようなことはどうでもよろしゅうございます。まずはこれらの金について沼田様のご見解を承りたい」

「知らぬな。わしが関わっていたという証はあるまい」

　嘉右衛門は嘯いた。

「ございます」

「何だと」

「河津屋、高野屋、伊勢屋、大貫屋などの口書をとっております。それによりますと、帳簿でそれぞれの店から別途、藩に支払いを求めたのは沼田様のご指示があったからで、いずれの店も名義貸しだけだと申しております」

「馬鹿な、さようなことをあの者たちが言うはずがない」

「もし秘事を漏らせば、店をつぶすと脅されたのでしょう。しかし、黙っていれば家族まで磔獄門にすると脅しましたら、案外に素直に口書に応じましたぞ」

　嘉右衛門の顔が青ざめた。

「そなた、そこまで汚いやり方をいたしたのか」

「汚いのは永年、藩を牛耳ってきた沼田様と亡き今村帯刀様のなされようでございます。帯刀様はこの世のひとではありませぬゆえ、沼田様にすべてを背負っていただくよりほかにございません」

　圭吾が詰め寄ると、嘉右衛門は額の汗をぬぐった。

「ご隠退なされてはいかがでございますか」

「隠退だと」

嘉右衛門は目を瞠(みは)った。

「さようでございます。派閥をどなたかにお譲りになられ、ゆるりとなされたらよいのでございます。そうされたならば、一連のこと不問にいたしますぞ」

「まて、わしはさようなことは不承知だ」

嘉右衛門は圭吾を睨みつけた。

「不承知でございますか」

圭吾は落ち着いて嘉右衛門を見据える。

「そうだとも、商人どもの口書はそなたに脅されてのもの、帳簿のこともそなたの派閥の者がでっちあげたのだ。わしは認めん」

「されば、どうなさいますか」

「この執政会議で決すればよい」

嘉右衛門は、はっきりと言った。

執政会議に出ているのは嘉右衛門と圭吾のほか、次席家老、田中庄右衛門(たなかしょうえもん)

寺社奉行、渡辺源四郎
町奉行、大野治左衛門
郡奉行、柿崎兵庫

だった。いずれも明らかな沼田派であり、採決をとれば嘉右衛門が制するのは明らかである。

圭吾はじっと嘉右衛門を見つめて口を開いた。

「いえ、この場では決められませぬ」

「なんだと。執政会議の場で決めずして、どこで決めるというのだ」

「殿にご臨席賜り、御前会議の場で決着をつけとうござる」

圭吾はきっぱりと言い切った。

嘉右衛門は嗤った。

「殿にご臨席賜るかどうかをうかがうのはわしの役目だ。かようなことで御前会議は開けぬ」

「しかし、すでに殿のお耳には沼田様の一件、届いておりますぞ」

圭吾は薄く笑った。

「馬鹿な、さようなはずはない――」

言いかけた嘉右衛門ははっとした。圭吾をまじまじと見つめて、

「そなた、梟衆を使ったのか。ということは、そなたが梟衆を――」

預かったのかと言いかけて嘉右衛門はがくりと肩を落とした。圭吾が梟衆を握っているとすれば、政敵の生殺与奪の権を持っているのと同様だ。嘉右衛門は恐ろしげに圭吾を見る。

「そうか、飯尾と安井はそなたが葬らせたのか」

うめくように嘉右衛門が言うと、圭吾は首をかしげた。

「はて、何のことか、とんとわかりませんな」

嘉右衛門はあきらめたように目を閉じた。圭吾は射た矢が突き刺さった獲物であるかのように嘉右衛門を見た。

嘉右衛門が隠居願いを出したのはそれから間もなくのことだった。

二十

嘉右衛門が隠居して間もなく、圭吾は利景に御座所に召し出された。

利景は穏やかな表情で、

「どうだ。沼田はおとなしくなったか」

と訊いた。圭吾はうなずく。

「はい、派閥は飯尾甚右衛門様に譲られました。ご存じの通り、亡くなられた飯尾羽左衛門様の弟で別家を立てられた方です。沼田様の嫡男佐一郎様がまだ十七歳とお若いゆえ、つなぎでの派閥領袖に据えられたかと思います。しかし、地味で争い事を好まれない方ゆえ、これから沼田派の動きは鈍りましょう」

「そうか、ならば、沼田佐一郎を小姓組に入れたいと思うがよいか」

「佐一郎殿を小姓にされるのでございますか」

圭吾は眉をひそめた。

佐一郎が利景の小姓となれば、将来は側近への道が開けたとみて沼田派がいろめきたつのではあるまいか。

なぜ、突然、利景がこのようなことを言い出したのだろう、と圭吾は不審に思った。

利景は笑った。

「藩主というのは窮屈なものでな、藩士の家の存続を常に慮っておらねばならぬ。沈む家があればこまめに拾わねばならぬのだ」

なるほど、そうかもしれないが、それでは家中の争いは永遠に鎮まらないことになる。沈むべき家は沈むと考えるしかないのではないか、と圭吾は思って口を開かなかった。

圭吾が黙っていると、利景は素知らぬ顔で話を継いだ。

「ついでに帯刀の息子の千四郎も祐筆役として召し出すつもりだが、それもよいか」

小姓と祐筆役はいずれも藩主の身近に仕える。藩主の目にかなえば側近となり、やがて重役への道までも開ける。

そこに沼田嘉右衛門と今村帯刀の息子が入るとなると、圭吾としては将来に向けて警戒しなければならなくなる。

(とんでもない話だ)

圭吾は何とか止めさせたかったが、よいか、と訊かれたからといって、否と答えるわけにはいかない。

圭吾はうけたまわってございます、と言うしかなかった。

これでは沼田派だけでなく、旧今村派の息の根も止めることは出来ない、と思ったがいたしかたない。

利景はにこりとした。

「何分にも家中の和を保たねばならぬからな。そのかわりと言っては何だが、そなた

を次席家老とする。田中庄右衛門が主席家老だが、あの男は沼田の側近だったという
だけで、何もできぬ。そなたが藩を取り仕切っていくのだ。しっかり頼むぞ」
利景に言われてみれば、沼田と今村の息子がどのように用いられようとも、自分が
家老職に就こうとしていることから見れば比較にもならない。
自分は藩主から信頼されているのだ、と圭吾は自信をつけた。

夏になった。
次席家老となった圭吾は、八百石を与えられ、さらに城の近くに大きな屋敷を与え
られた。家士や従僕、女中の人数も増え、今までとは違った大身(たいしん)の暮らしに慣れてい
った。
そんな圭吾をひさしぶりに、義父の津島屋伝右衛門が訪ねてきた。
圭吾は美津とともに伝右衛門の応対をした。
七十を越えてすっかり白髪になった伝右衛門だが、まだ店を取り仕切り、壮年のこ
ろとさほど変わらない働き方をしていた。近頃は大坂にも店を出して、年を重ねても
やり手の商人であることに変わりはなかった。
来るなり伝右衛門は圭吾に向かって、

「ご存じでございますか」

と謎(なぞ)かけのように訊いた。

「何のことでしょうか」

圭吾が笑いながら訊くと、伝右衛門は声をひそめた。

「樋口六郎兵衛様が国許(くにもと)に戻って来られたのでございます」

「まさか――」

圭吾は息を呑んだ。

「それが、そのまさかなのでございますよ。わたしどもの店の者が宝泉寺で見かけたのでございます」

伝右衛門は確信ありげに言う。

「宝泉寺と言えば、樋口殿が以前、寺男をしていたところだな」

「さようでございます。また寺に戻って薪(まき)割りや庭掃除などをされているようなのです」

圭吾はかつて六郎兵衛が寺男をしていたころを思い出した。

考えてみると思いがけないことで島流しになり、十年ぶりに国許に戻って寺男をしていたころが、最も落ち着いた安穏な日々だったかもしれないと思った。

その安寧を破って政争に巻き込んでしまったのは自分だった。さらに六郎兵衛が今村帯刀を斬って出奔したのも、自分のためだったとしか言いようがない。

思えばどれほど六郎兵衛に迷惑をかけてきたことか、と圭吾は悔やんだ。しかし、それだけに六郎兵衛は圭吾を恨み、憎んでいるのではないか。

(樋口殿は何を考えているのだろう)

そう思ったとき、圭吾の胸の中で六郎兵衛への懐かしさよりも恐れの方が上回った。またもや六郎兵衛に怯えて暮らすのだろうか、それはいやだと思う。

せっかく次席家老にまで上り詰めた。これからの藩は自分が動かしていくのだ、と昂揚していた。

それなのに六郎兵衛が帰ってくれれば、すべては台無しになる気がした。

伝右衛門は圭吾に顔を寄せて、

「いかがでございましょう。樋口様には出ていっていただいたほうがよろしくはございませんか」

と囁いた。圭吾は伝右衛門の顔を見返す。

「出ていってもらうといっても、あのひとは故郷で死にたいと思って戻ってきたのだろう。いまさらどこへ行く気もないだろう」

「とは申しても、すべては金しだいかもしれません」

伝右衛門は目を光らせて言った。圭吾は頭を振る。

「あのひとは金では動かない」

「それは昔の樋口様のことでございましょう。あの方も随分と苦労をされて、考えも変わられたかもしれませんぞ」

伝右衛門は執拗に言い募った。

「さような企ては無駄だと思う」

「金の額しだいでございます。これから十年、遊び呆けて暮らせるほどの金を出しますゆえ、上方にでも行かれて養生なさいませと言えば考えられるかもしれません。大坂にはわたしどもの店がございますし、暮らしのお世話もできますので」

考えを練り上げてからきたのだろう。伝右衛門はよどみなく言った。

「それでうまくいくだろうか」

「大丈夫でございます。そのための金を千両と見積もっております。大坂の店に八百両を用意させ、そのうえで樋口様にお会いして、上方へ行くための路銀として二百両をお渡しいたします。なに、目の前に山吹色の小判を積まれれば、ひとの心は変わります」

あるいはそうかもしれないという思いが圭吾の胸に湧いた。そんな圭吾の胸の裡を、伝右衛門は素早く読み取る。

「お許しをいただければ、わたしが二、三日の内に樋口様をお訪ねいたします。案ずるより産むがやすしでございます。あっけなくかたづくかもしれません」

伝右衛門は自信ありげに言った。

伝右衛門が辞去した後、美津が圭吾の居室にそっと入ってきた。美津は圭吾の前に座るなり、

「父は相変わらず、お金に物を言わせようとするのですね」

と、ため息まじりに言った。

圭吾は顔をしかめる。

「伝右衛門殿はわたしのことを懸命に考えてくださっているのだ、謗ってはいかん」

「父の気持は嬉しいのです。しかし、お金の話を持ち出すのは、樋口様を侮ることになりはしないかと心配です。あるいは却って、樋口様はお怒りになるのではないでしょうか」

「そうだろうか」

美津が言うのを聞いて、圭吾は不安になった。六郎兵衛が国許に戻りながら圭吾のもとに顔を出さず、おとなしく寺男をしているのは、もはや家中の争いに関わりたくない気持からなのだろうか。

そこに伝右衛門が行って金の力に物を言わせようとすれば、六郎兵衛は傷つき、圭吾に裏切られたと思うのではないか。

そこまで考えて圭吾は目を閉じた。

たしかに、すべてを穏便にすませようと思えば、静観しているのがいいかもしれないが、それでは安心して日々を過ごすことはできない。

圭吾の胸には、梟衆を使って殺せばよいではないかという考えが時おり浮かんだ。しかし、実際にやるとなるとためらわれるのは、六郎兵衛への憐憫の情だけでなく、利景から預かっている梟衆を私怨で使えばどのようなことになるか、という不安があったからだ。

沼田派の飯尾羽左衛門と安井掃部の殺害については、家中で最大の派閥を持ち、専横の振る舞いがあった嘉右衛門が利景からも憎まれていることを知っていたから、ためらうことなくできた。

無論、今村帯刀を殺めた罪を言い立ててもいいのだが、そうなると圭吾が嘉右衛門とともに六郎兵衛を使嗾したことを梟衆に知られることになる。そんなことを考えると、帯刀が梟衆を預けられながら政敵を倒すためには使わなかった意味もわかる気がした。

(帯刀は、おのれがしたことを梟衆に知られまいと用心したのだ)

自分もまた、そうしなければならない。梟衆を使うのはよほどの時なのだ。やはり今は、伝右衛門が金の力で六郎兵衛を追い出そうとしていることを止めるわけにもいかない、と思った。

なんとか出ていって欲しいと、圭吾は心底から願った。

数日後――

思いがけない報せが圭吾のもとへもたらされた。

伝右衛門が城下外れの松並木沿いの道で、供の小僧とともに、何者かに殺害されたというのだ。

「それはまことか」

下城したばかりの圭吾は、玄関先で町奉行所の下役から伝右衛門の死を聞かされて、驚愕した。伝右衛門の遺骸はすでに津島屋に運ばれたという。

「すぐに参るぞ」

圭吾は美津に向かって言った。青ざめた美津がうなずく。

圭吾と美津が津島屋に駆けつけると、すでに親戚（しんせき）などが集まって店は混雑していた。圭吾の姿を見て、番頭があわてて駆け寄り、奥へと案内する。

伝右衛門は顔に白い布をかぶせられて寝床に横たわっていた。枕経（まくらぎょう）が行われたらしく、線香があげられている。

圭吾は座るなり、

「すまぬが、傷口をあらためるぞ」

と誰に言うともなく口にすると、布団（ふとん）を持ち上げすでに白装束になっている伝右衛門の体をあらためた。

どうやら傷口は首筋の一カ所だけのようだった。襲った者は伝右衛門の首に深々と一太刀だけ斬（き）りつけたらしい。しかもかなりの手練（てだ）れであるとわかる、鮮やかな斬り口だった。

「小僧の傷はどうだったのだ」

圭吾がまわりの者に訊くと、番頭が頭を下げて答えた。

「同じように首筋を斬られていたそうでございます。検屍（けんし）のお役人の話では、ふたりとも一瞬で絶命して苦しむこともなかっただろう、とのことでございました」

番頭の言葉を聞いて美津は泣き伏した。圭吾は美津にちらりと目を遣ってから、番頭に気になっていることを訊いた。

「伝右衛門殿はどこに出かけられたのだ」

「宝泉寺でございます」

やはりそうかと、圭吾はうなずいた。

「それで、殺されたのは宝泉寺を訪ねる前か、後か」

「宝泉寺を訪ねて用事をすまされ、帰る途中だったようでございます。それに――」

番頭は声をひそめて、伝右衛門は二百両を持っていったはずだが、それが見つかりません、と言った。

「その金は宝泉寺に置いてきたのではないのか」

圭吾が重ねて訊くと、番頭は頭を振った。

「宝泉寺の樋口六郎兵衛様におうかがいしたところ、さような金は受け取っていないとのことでございました」

伝右衛門は用心して、宝泉寺の六郎兵衛を訪ねることを話していたようだ。

「そうか。だとすると、伝右衛門殿は帰り道で辻斬りか盗賊に襲われたということになるな」

圭吾がつぶやくと、番頭はまわりを気にして声を低くした。

「手前には、そうは思えません。単なる盗賊の仕業ではないと思います」

「どうしてそう思うのだ」

圭吾は番頭に目を向けた。番頭は何かに怯えたようにしながら答える。

「わたしは以前にも樋口様にお会いしたことがございますが、今日会った樋口様はまるで別人のようでした。顔は青白く、目だけが鋭くなって、まるで――」

番頭は言葉を詰まらせた。

「どうした。いまの樋口殿の様子はどうなのだ」

圭吾が励ますように言うと、番頭はようやく答えた。

「青鬼のようでございました」

圭吾の脳裏に、鬼となった六郎兵衛の姿が浮かんだ。

二十一

伝右衛門の葬儀が終わった後、圭吾は六郎兵衛をどうするかについて考え続けた。

ある日下城すると、書斎の軒先に風鈴を吊るした。利景からわたされた南部鉄の風鈴である。

この風鈴を鳴らせば半刻（約一時間）のうちには、梟衆の頭の大蔵が現われることになっていた。はたして、圭吾が書見していて、わずかに燭台の灯りが揺れたかと思うと、どこから入ったのか、大蔵が書斎の隅に座っていた。

「お呼びでございますか」

圭吾は振り向いて、

「津島屋伝右衛門が斬られた一件は知っているか」

と訊いた。大蔵は表情を変えずに答える。

「存じております」

「津島屋は、宝泉寺で寺男をしている樋口六郎兵衛のもとを訪ねた後、斬られたようだ。樋口の動きを探ってもらいたい」

圭吾が命じると大蔵は手をつかえた。

「樋口六郎兵衛殿ならば、帰国したおりから見張っております」

圭吾は眉を曇らせた。

「わたしに言われる前から見張っていたのか」

「樋口殿には、われら梟衆を預かっておられた今村帯刀様を殺めた疑いがございます。それゆえ、帰国するなり見張って参りました。もし、樋口殿に胡乱な動きがあればご報告いたし、いかにすべきかお指図を仰ぐ所存でした」

大蔵は低い声で落ち着いて答える。

「そうか。だとすると、津島屋が殺された日も見張っていたのだな」

「さようでございます」

「では、どうなのだ。樋口六郎兵衛が津島屋を斬ったのか」

圭吾が訊くと大蔵はゆるゆると頭を振った。

「それはわかりかねます」

「なんだと、見張っていたのなら六郎兵衛が津島屋を斬ったのかを見たのではないのか」

大蔵は体を起こして、圭吾を見つめた。

「お恥ずかしきことでございますが、津島屋と小僧が斬られたとき、梟衆の見張りの者も斬られて絶命いたしました」

「なんと」

「それゆえ、何者が津島屋を斬ったのかわからぬのでございます」

大蔵が声に悔しさを滲ませる。

「六郎兵衛が見張りの者を斬って寺を脱け出し、津島屋を襲ったのではないのか」

「わからないとしか申し上げようがございません」

「見張りの者の斬り口は見たのか。津島屋は首筋をあざやかな一太刀だった。同じ斬り口ではないのか」

大蔵はまたゆっくりと頭を振った。

「見張りの傷は心ノ臓を一突きでございました。たしかにともに手練れの仕業ではございますが、同じ者の仕業だという決め手にはなりません」

「そうか――」

圭吾はうなずく。臯衆が六郎兵衛を見張っているのなら、これ以上、言うことはないと思った。

「わかった。これからも六郎兵衛を見張り、動きがあれば報せよ」

圭吾が言うと、大蔵は頭を下げてから襖を開けて、素早く隣室に入った。その瞬間、隣室からひとの気配は消えた。

圭吾は腕を組んでしばらく考えた後、書見に戻った。

三日後――

圭吾は屋敷で久しぶりに派閥の会合を開いた。

いったん十人足らずにまで減っていた派閥だったが、驚いたことに真っ先に沼田派に寝返っていた者までが何食わぬ顔で会合に出てきていた。

最後まで圭吾の派閥に残っていた者たちはいずれも身分が軽かったため、上士が居並ぶと隅に追いやられた。

会合が始まると、圭吾は、これまで家中での争いはいろいろあったが、これからはひとつにまとまっていくつもりだ、過去は問わない、御家のために忠誠を尽くしてくれる者を大切にしていきたい、と述べた。

不安な思いで参加していた者たちは、圭吾の、

――過去は問わない

という挨拶にほっとしたのか、一座は急ににぎやかになった。そして人数が増えたため、派閥での役職や連絡の仕方などを新たに決めた。さらに、圭吾は藩政の課題を説明し、それぞれに調べていかになすべきかという方策をまとめるよう指示した。

その後、酒宴となった。女中たちが酒と膳を運ぶと、笑い声も起きて、にぎやかになった。

そのうち、小石又十郎と榊三之丞、横江太三郎が圭吾の前に連れ立って杯を受けに来た。

圭吾が酒を注いでやると小石又十郎はうやうやしく受けて、

「いまや、三浦様の勢威はかつての今村帯刀様や沼田嘉右衛門様を上回るものがございますな」

と言った。榊三之丞も言葉を添える。

「まことに、われらも鼻が高い思いがいたします」

横江太三郎が酒で顔を赤くして、

「今後も励みますゆえ、よろしくお願い申し上げます」

と言って頭を下げると、小石と榊もあわてて頭を下げた。その様を見て、圭吾は、これからも頼むぞ、と鷹揚(おうよう)に受けた。

三人が自分の席に戻ると小柄な武士が圭吾に酌をした。どこかで見たような、と思ってみると大蔵だった。

質素ながら羽織袴(はおりはかま)姿で軽格武士に見える身なりだった。会合が大人数なだけに、紛れ込んでも誰も気づかなかったようだ。

「ご報告がございます」

大蔵は圭吾だけに聞こえるよう、よく通るが低い声で言った。

「何だ」

「樋口六郎兵衛殿、今夜、宝泉寺から外出し、城下へ向かってございます」

「どこへ参るのだ」

「わかりませぬが、見張っておる者からのつなぎによりますと、こちらに向かっておるようでございます」

「こちらとは、この屋敷ということか」

「さようにございます」

圭吾はうろたえた。

「今日は派閥の会合の日だぞ。そこへ乗り込んでくると言うのか」

「いや、そのことは知らぬかと存じます」

「まずいな、ここに来られては」

圭吾が次席家老となり派閥の人数もふくれあがった、と六郎兵衛が知ったら、どう思うだろうか。

圭吾はちらりと大蔵を見た。

「樋口をここに来させるな」

「さて、途中で討ち果たしてもよろしゅうございますが、樋口殿はかなりの使い手でございます。城下で騒ぎを起こすことになるかもしれませんが」

大蔵は困惑したように言った。圭吾は頭をひねって考えてから、

「わかった。ならばわたしが出向いて、外で樋口に会おう。そなたたちはわたしを守ってくれ」

と言って杯を置いた。

「かしこまりました」

大蔵は頭を下げた。圭吾はさりげなく立ち上がると、廊下に出た。近くに控えていた美津を呼んで、

「これから出かける。皆は存分に飲ませて刻限が来たら帰すように」

と言いつけた。

圭吾がそのまま玄関に向かおうとすると、美津はすり寄って、

「どちらへ参られるのでございますか」

と心配げに訊いた。

圭吾は黙って出ていくつもりだったが、もし、万が一のことがあったら、と思い直して、

「樋口六郎兵衛殿がこの屋敷に向かっておるらしい。ここで会うわけにはいかぬゆえ、外で会ってくるつもりだ」

六郎兵衛の名を聞いて、美津は思わず震えた。

「お気をつけくださいまし。父のことがございます。ひょっとしたら、六郎兵衛様は以前の六郎兵衛様とは変わっておられるかもしれませぬ」

圭吾はうなずいた。

「案じるな、わたしも以前のわたしとは違っているのだ」

すでに次席家老であり、梟衆も預かっている。身辺警護も梟衆が行っているだけに、たとえ六郎兵衛といえども恐るるに足りない。そう自分に言い聞かせながら、圭吾は美津が持ってきた大小を腰に差して玄関を出た。

供の中間(ちゅうげん)が提灯(ちょうちん)を手についてくる。

門をくぐり、道に出るとすでに月が出ていた。築地塀(ついじべい)のそばに大蔵が立っているのが見えた。大蔵は頭を下げてから背を向けた。

案内するつもりなのだ。

圭吾は大蔵の後を追った。

美津は圭吾を見送ってから部屋に戻った。

薄暗く、何も見えない。

燭台に灯りをともそうかと思って手探りで進むと、足裏に何かがさわった。気になってかがむと黄楊(つげ)の櫛(くし)だった。

どうしてこんなものが、と思いつつ拾い上げるが、途中でぽきりと真ん中から折れた。

——不吉な
思わず美津は折れた櫛を握りしめる。すると、なぜか脳裏に六郎兵衛の顔が浮かんだ。

やさしく悲しげな顔だった。

父の伝右衛門が六郎兵衛によって殺されたかもしれない、と思った日から、何度も六郎兵衛の夢を見た。

邪鬼のような恐ろしい六郎兵衛の姿が夢に出てきてうなされた。しかし、今、思い浮かべた六郎兵衛の顔は以前と変わらない、つつましく、控えめでいて温和なものだった。

(どうしたのだろう)

美津は不安にかられて玄関に戻った。

玄関には誰の姿もなく、圭吾が出ていった門は閉じられていた。広間の方からは酒を飲んで騒ぐ声が聞こえてくる。

美津は再び、折れた櫛を握りしめた。

(何かよくないことが起きている)

美津は震えながら、玄関先の闇を見つめていた。

圭吾は、供が持つ提灯の明かりで足下を照らしながら歩いていた。

六郎兵衛に会ったら、どういう風に話したらいいのだろうか。下手に媚びた物言いをすれば蔑まれるだけだろう。

それよりも次席家老としての威厳を見せて、すぐに国を出ていくように言うべきではないか。もし、六郎兵衛が斬りかかってきたとしても梟衆が守ってくれるはずだ。

安心していればいいのだ、と自分に言い聞かせる。

その時になって、圭吾は先ほどから前を歩いていたはずの大蔵の姿が見えなくなっているのに気づいた。

(どうしたのだろう)

圭吾は緊張した。

まさか、もう六郎兵衛と行き逢ったのだろうか。圭吾は刀の鯉口に指をかけてゆっくりと進んだ。

提灯を持って圭吾の少し前を歩いていた中間が、

——旦那様

と声をかけて足を止めた。

「どうした。何かあったのか」

圭吾も立ち止まり、油断なく身構えてあたりを見まわす。中間は声をひきつらせて、まわりを提灯でぐるりと照らした。

圭吾は息を呑んだ。いつの間にか黒装束の男たちに囲まれているのだ。しかし、同時に男たちが梟衆なのではないかという気がした。

圭吾は身構えたまま、

「大蔵、いるのならば出てこい。この者たちはわたしを護衛いたしておるのか」

暗闇からさらに墨が滲み出るかのようにして、黒装束の男が出てきた。

頭巾はしておらず、月の光で顔がわかった。

大蔵だった。

圭吾はほっとした。

「大蔵、どうした。樋口はまだ来ぬのか」

「まだでござる。それゆえ、その前に三浦様をご案内せねばならぬと思っております」

「どこへ案内するというのだ」

圭吾が訝しく思って訊くと、大蔵は嗤った。

「三途の川までででござる」

大蔵がさっと刀を抜いた。

月が青白く輝いている。

二十二

圭吾は考える余裕もなく刀を抜いた。

黒装束の男が気合も発せずに斬りかかってくる。地面すれすれに刀を下げた下段から、すくい上げるような斬撃だった。しかも脛を狙ってくる。

圭吾はとっさにかわして踏み込んだ。そのときには、手が勝手に動いて男を袈裟斬りにしていた。

さらに両脇から斬りかかってきたふたりの刀の動きに合わせて腰を落とし、左右に刀を振るった。斬りかかったふたりが弾かれたように倒れた。

圭吾はすぐに背筋をのばして正眼に構え、黒装束の男たちの動きをうかがった。息が荒くなっている。昔の稽古で鍛えた技がとっさに出たものの、すでに刀を重く感じていた。

大蔵がゆっくりと前に出てきて、

「なるほど、さすがにかつては、正木道場の隼と言われただけのことはありますな。重役になって腕はなまったかと思ったが、そうでもないようだ」

と声をかけた。

「なぜ、わたしを斬ろうとする」

圭吾はあえぎながら訊いた。

「われら梟衆がなすところは、すべて殿のご意向によるものとお心得くだされ」

大蔵は冷淡な口調で言ってのける。

「なぜ殿がわたしを斬ろうとされるのだ」

圭吾は目を瞠った。

うだ。

「存じませぬな」

大蔵は目を細くして答えると、つい、と前に出た。自ら圭吾を斬ろうとするかのよ

圭吾は緊張して大蔵の動きを見つめた。

だが、月光に照らされた大蔵の体は、薄墨で描いたように輪郭がぼんやりとして見えた。震えるように動いているのだろうか、刀や足の動きが見定め難い。

立ち合いでは相手のわずかな動きによって、どのように斬り込んでくるかを察して反撃する。

しかし、いまの大蔵の動きはとらえることができない。

圭吾は目を凝らしながら後退(あとじさ)った。その動きに合わせて大蔵が前に出る。

大蔵の姿はますます見定め難くなっていく。

追い詰められた圭吾は額から汗を流し、息が乱れた。そして苦し紛れに大蔵に突きを見舞おうと構えた。すると、

「相手の体を見るから動きが見えぬのだ。目だけを見て動きを知れ」

という男の声がした。

圭吾ははっとして大蔵の目を見る。同時に大蔵の体を覆(おお)っていた黒い靄(もや)のようなも

のが消えた。

(目だけを見ればいいのだ)

圭吾が一歩踏み出すと、大蔵が下がった。

さらに、男の声が飛ぶ。

「後ろに気をつけろ、引き付けて配下に斬りかからせるつもりだ」

直後に後ろから黒装束の男が斬りかかった。

圭吾は振り向きざまに斬り捨てると、くるりと回って斬りかかろうとしていた大蔵に刀を突き付けた。

大上段にふりかぶっていた大蔵の動きがぴたりと止まった。すると、またもや、男の声がした。

「梟衆、もはや勝負は見えたのではないか。退(ひ)いてはどうだ」

大蔵はあたりをうかがってから後退りし、

——退け

と黒装束の男たちに命じた。自らも背を向けて闇の中へと走り去る。

圭吾はがくりと膝(ひざ)を地面についた。刀を握っている手が震える。こわばった指に力が入らず刀を取り落とした。

圭吾はあえいだ。するとかたわらに、男が立った。

六郎兵衛だった。

先ほどから声をかけて救ってくれたのは、六郎兵衛だとわかっていた。圭吾が見上げると、六郎兵衛は無表情なまま口を開いた。

「鞘(さや)をお渡しなされ」

六郎兵衛に言われるまま、圭吾は腰から抜き取った鞘を差し出す。

その間に六郎兵衛は刀を拾いあげた。圭吾から渡された鞘に刀を納めた六郎兵衛は、

「お立ちなさい。ひとにかような様を見られれば面倒なことになりますぞ」

「しかし、この者たちをどうすれば」

圭吾は、路上に倒れてうめいている黒装束の男たちを眺めて言った。

「わたしたちがいなくなれば梟衆が運び去ります。あるいは、そのまま息の根を絶って梟衆の秘密を守るかもしれませんが」

「まさか、そのような酷(むご)いことを――」

圭吾が言いかけると、六郎兵衛は脇に手を入れて強引に立たせた。ふらつく圭吾の体を支えながら、

「あなたも、わたしが戻ってくれれば殺そうと思っていたのではありませんか。ひとは

おのれを守るためなら平気で酷いことをするのです」

とひややかな目をした。

「わたしは決して、そのようなことは考えませんでした」

圭吾はかすれ声で言った。六郎兵衛の声のつめたさは、初めて聞くものだった。

「さようか。ならばそれでよろしかろう」

六郎兵衛は関心を失ったようだった。圭吾はためらいながら、

「今村帯刀様を斬ったのは樋口殿ですか」

と訊いた。六郎兵衛はじっと圭吾を見返して、

——いかにも
と答えた。そして、

「あなたは、ご存じのはずだ」

と言い添えた。圭吾は頭を振る。

「わたしは知りませんでした」

「知らなかったという言い訳は醜うございますぞ。わたしは、あなたが暗に頼んだゆえ、帯刀様を斬った。しかし、その罪にあなたを巻き込もうとは思っておりませぬ」

六郎兵衛は圭吾を支えて歩いた。

圭吾が黙っていると、六郎兵衛は言葉を継いだ。

「いまさら嘘を言われぬがよい。あなたは派閥を譲られてから変わられた。権勢のために、それまでの自分を見失ってしまった」

圭吾は言い返したかったが言葉が出てこなかった。

そのことが情けなかったが、一方で六郎兵衛に救われたことへの感謝の気持も湧いていた。

「先ほどは助かりました」

圭吾が言うと六郎兵衛は嗤った。

「道場での稽古のとき、後輩へかける声が出てしまったのです。梟衆に襲われたあなたがあっさり斬られては、道場の名折れですから」

「されど、助けていただいたことに間違いはありません」

すがるように六郎兵衛を見た。

六郎兵衛は圭吾の脇に入れていた手を抜くと、あっさり離れた。町の辻に来ている。

「このあたりなら駕籠も拾えましょう。ご自分でお帰りなされ――」

「待ってください。まだ聞きたいことがあるのです。津島屋伝右衛門殿を斬ったのは、樋口殿ですか」

「わたしではありません。梟衆の仕業でしょう」

「やはりそうなのですか。なぜ梟衆は伝右衛門殿を斬ったのです」

圭吾はさらに訊いた。

「おそらく逃げようとしたからではありませんか」

「逃げる？」

「この藩からです。それで殿の逆鱗にふれたのだと思います」

「なぜ伝右衛門殿は藩から逃げ出そうとしたのですか」

六郎兵衛はわずかに頭を振っただけで答えない。かわりに口にしたのは、

「わたしはあなたをいつか斬ることになりそうです。精々、ご用心なされよ」

という感情のこもらぬ言葉だった。

目を瞠った圭吾を残して、六郎兵衛は闇の中に消えていった。

この夜、圭吾が屋敷に戻ってみると派閥の者たちはすでに三々五々、帰っていた。会合が開かれていたときのにぎやかさが去り、屋敷はしんと静まり返っていた。

玄関で出迎えた美津は刀を受け取り、さらに居室で圭吾の着替えを手伝った。そして茶を持ってきた。

圭吾はゆっくりと茶を飲む。

「お早いお戻りでございました。あるいは、今夜はお戻りになられぬかと思っておりました」

圭吾の前に座った美津は、ほっとした表情で言った。しかし、圭吾は憮然(ぶぜん)として答える。

「今夜どころか、未来永劫(えいごう)戻れなかったかもしれぬ」

美津ははっとした。

「樋口様が何かされたのでございますか」

「いや、樋口殿にはまたもや命を救われた。しかし、これが最後だろう。樋口殿は次にはわたしを斬りにくるだろう」

「そのような――」

美津が悲しげな顔になった。

「いや、当たり前のことだ。わたしは樋口殿を利用して裏切り、心ひそかに討つことまで考えていた。見放されてもしかたがあるまい」

六郎兵衛はやはり飛び去った燕(つばめ)だ、もはや、二度とわが家に戻ってくることはないのだ。

圭吾がそんなことを考えていると、美津は思い余ったように懐から一通の書状を取り出して、圭吾の前に置いた。

圭吾が怪訝な顔をすると、美津は頰をこわばらせて口を開いた。

「父がわたくし宛てに書いた遺書でございます。葬儀のおりに実家の者から渡されました。旦那様にお見せするかどうか、いままで迷っておりました」

圭吾はうなずくと、書状をとって読み始めた。しばらくして圭吾は、

「なんということだ」

と思わず声をもらした。

伝右衛門は、美津に圭吾や子供たちとともに大坂に出るよう勧めていた。一家が食べていけるだけの金は大坂の店に蓄えてあるから、心配はいらない。このまま国元にいれば、いずれ圭吾の命も危うくなるだろう、と書かれていた。

もし、美津たちが大坂に出ることを決意したなら自分もともに大坂に出るつもりだ、とも書き添えられていた。

信じられないという面持ちで、圭吾は美津に目を向ける。

「伝右衛門殿は、わたしを脱藩させようとしていたのか」

美津はうなずいた。

「それゆえ、とても旦那様にお見せすることはできませんでした」

「なぜ、伝右衛門殿はかようなことを考えられたのであろう」

圭吾は書状を巻き戻した。

「わたくしにはわかりませんが、父は何かを恐れていたのだと思います」

何かを恐れているのは、わたしも同じだ、と圭吾は思った。

帯刀の派閥を引き継ぎ、梟衆を預かって権勢の頂点に手が届いたと思っていた。ところが梟衆が突如、離反し、さらにこれまで常に味方だった六郎兵衛も敵にしてしまった。それにしても六郎兵衛はなぜ伝右衛門の意図を知っていたのか。そのことが不審だった。

しかし、いずれにしても上り詰めたはずの場所が崩れ、奈落(ならく)に落ちようとしているのだ。

恐怖が腹の底からじわりと湧いてくる気がした。

## 二十三

翌日——

圭吾は素知らぬ顔で登城した。

梟衆が離反してどうなるのかわからなかったが、とりあえず普段通りにするしかないと思った。以前六郎兵衛が、梟衆はまず脅してくる、と話していたことも思い出していた。

昨夜の襲撃がただの脅しだとは考えられなかったが、それでも脅しであって欲しいとすがるような気持だった。

登城して執政の御用部屋に入ると、沼田嘉右衛門の跡を継いだ主席家老の田中庄右衛門が苦い顔をして座っていた。五十過ぎのやや太り気味の男だ。見ると右手の甲に白い布を巻いている。

圭吾が挨拶をして目を向けると、庄右衛門はさらに苦々しげな顔になって、

「これが気になるか」

と右手をあげて見せた。

「怪我（けが）をされましたか」

眉（まゆ）をひそめて圭吾は訊いた。庄右衛門がうなずく。

「そうだ。昨夜、梟衆にやられた」

「田中様もでございますか」

圭吾は息を呑んだ。

庄右衛門は圭吾をじっと見つめ、

「ほう、そういうところを見ると、お主もか」

目を光らせた。圭吾は黙ってうなずく。

「なるほどな、そういうことか」

庄右衛門は吐息をついた。

「昨夜、わたしは危うく命を奪われるところでございました。田中様もさような目に遭われたのでございますか」

「わしの方は昨夜、かねてから親しい者たちを屋敷に招いて酒を呑んだ。途中で思い出したことがあって書斎に戻った。すると燭台の灯りが点(とも)され、黒装束の男が手文庫の書状を取り出して悠々と読んでおった」

「梟衆でございますか」

庄右衛門が厳しい表情になる。

「そうに決まっておる。しかし、あまりにひとともなげな振る舞いにわしも腹が立ったから、床の間の刀掛けから刀をとって斬り捨てようとした」

「それはまた、思い切ったなされようでございましたな」

梟衆が藩主の隠密であるからには、下手に逆らえば切腹しなければならなくなる。そんな梟衆を斬ろうとするとは、庄右衛門は思いのほか豪胆なようだ。

「なに、ただ脅かすつもりであった。わしが刀をとれば、あわてて逃げるだろうと思ったのだ」

「そうはならなかったのですか」

圭吾が訊くと庄右衛門は一瞬、憤懣で顔を赤くした。

「奴め、わしが刀に手をかけると同時に手裏剣を打ちおった。右手の甲に手裏剣が刺さった。思わずわしが膝をつくと、奴は書状を手文庫に戻してから、何の挨拶もなく出ていきおった」

悔し気に言う庄右衛門に圭吾は、

「たとえ殿の隠密であろうとも、主席家老である田中様には遠慮があって然るべきでございますな」

と言った。庄右衛門は深々とうなずく。

「そうだ。しかし、殿はもはや、やる気なのだ」

庄右衛門は恐れるような声になった。

「何をやろうとされているのでしょうか」

首をひねって圭吾は訊いた。

「決まっておろう、親政だ。殿自らが藩の政を仕切ろうというのだ。思えば養子の身で永年、肩身が狭い思いをしてきた殿にとって親政は悲願であったのだろう」

庄右衛門はため息をついたが、圭吾は愕然とした。

昨夜、自分が梟衆に離反され殺されそうになったのも、藩主の利景が親政への意欲を持ったからなのかもしれない。

「しかし、親政をなさりたければ、われわれにお話しになればすむことではありませんか。なぜ梟衆を使って脅すような真似をされるのでしょうか」

圭吾が憤りを口にすると、庄右衛門はじろりと睨んだ。

「では、お主は殿から親政の思し召しを聞いたら、すぐに賛同するのか」

「それは――」

あらためて訊かれると、圭吾は口ごもらざるを得なかった。

庄右衛門は嗤った。

「せっかく派閥を率いて藩政を動かすことができるようになったのだ。栄耀栄華を味わうのもこれからだ。それなのに手にしたものを奪われてはたまるまい」

「されど、殿の思し召しであれば、それがしは従いますぞ」

圭吾がきっぱり言うと庄右衛門は首をかしげた。

「さて、どうであろう。昨夜、梟衆に殺されそうになったから、怖くなってそう申しているだけではないのか」

庄右衛門に指摘されて、圭吾は言葉に詰まった。庄右衛門はそれ見ろという顔で話を継ぐ。

「殿は、今村帯刀殿と沼田嘉右衛門殿というふたりの重臣に頭を押さえられてきた。ところが今村殿は何者かに斬られ、沼田殿は使途不明の金のことで失脚した。殿にしてみれば、やっと重石がとれたのだ。そこでふたりを始末するのに功があったお主を次席家老にして報いた。しかし、もともとお主に政をまかせるつもりは、殿にはなかったのだ」

「初めから親政を目指しておられたということですか」

圭吾は青ざめた。

「そうだ。これからは沼田佐一郎と今村千四郎を用いられるつもりだろう。ふたりともまだ若いゆえ、父親たちほどの権勢を得るのは先の話だし、上手に手綱をとれば殿の思いのままに動くだろう」

「それでは、われわれはどうなるのでしょうか」

わかっていることだが、不安に包まれた圭吾はあらためて訊く。

「言うまでもない。ふたりともお払い箱だ。殿にとってわれらはもう、御用済みのよそ者だということだろうな」

庄右衛門は自嘲するように声をあげて笑った。そして圭吾に皮肉な目を向けた。

「わしはもとより、お飾りの主席家老であることは自分でもわかっている。殿から控えろと言われれば、いくらでも控える。家老職を辞せと言われたらすぐに従う。それゆえ、命までとられはせんだろう。しかし、お主の場合は違うな」

圭吾は頭を振った。

「田中様とそれがしに、違いなどありません」

「そう思いたいだろうが、そうはいかぬぞ。お主はこのままいけば、今村殿や沼田殿のような派閥の領袖として藩を牛耳っていくに違いない。放っておけばいつ飼い犬に手を嚙まれるかわからぬ、と殿は思われたのだろう。お主が逸材であったことが災いの種になったということだ」

庄右衛門は意地悪く言い募った。

圭吾は目を閉じて、それ以上は言葉を発せなかった。

この日の昼下がり、圭吾は利景に召し出された。

小姓の案内で御座所に行くと、利景は今村千四郎、沼田佐一郎を前にして、何事か機嫌良さげに話していた。

千四郎と佐一郎はいずれも十七歳の若者で、藩校では秀才の評判を得ていた。千四郎は小柄で鼻と顎がとがり、俊敏な印象を与える。佐一郎は色白で太り気味だった。目が細く、人の好さげな丸顔である。

圭吾が敷居際で手をつかえて跪くと、振り向いた利景は、

「おお、来たか。近う寄れ」

とにこやかな表情を浮かべた。とても昨夜、梟衆に圭吾を殺させようとしたひととは思えない。

圭吾が膝行して近づくと、利景は千四郎と佐一郎を見まわして、

「いままでふたりと話しておったのだが、さすがに今村帯刀と沼田嘉右衛門の息子たちだ。この若さで藩政についてなかなかの意見を言う。その方も、これからはうかうかしてはおれんぞ」

と言った。圭吾は黙って頭を下げた。利景はすでに圭吾を棄てる腹を固めているのだろう。だとすれば何を言っても無駄だ。

利景の放言に、却(かえ)って千四郎や佐一郎が恐縮する様子を見せたが、圭吾は何とも思わなかった。

利景はそんな圭吾を見つめてにやりと笑った。

「そなたを召し出したのはほかでもない。命じたいことがあるからじゃ」

圭吾は再び手をつかえて、何なりと、と応(こた)えた。

利景はうなずいてから、

「かつて今村帯刀を暗殺したのではないかという疑いがあった樋口六郎兵衛が近頃、領内に戻ったようじゃ。目障(めざわ)りゆえ始末いたせ」

とひややかに言い放った。

圭吾は当惑しつつも応じる。

「かしこまってございます。ただちに目付方と町奉行所に命じまする」

利景が目を鋭くした。

「何を言っておるのだ。わしはそなたに命じておるのだぞ」

「わたしに樋口六郎兵衛殿を討てとの仰(おお)せでございますか」

ぎょっとして圭吾は利景を見返した。

「そうだ、かつて樋口は正木道場の天狗(てんぐ)、そなたは隼と言われたそうではないか。よい勝負であろう。何ならわしが検分いたしてもよいぞ」

利景は笑いながら言った。

「ですが、樋口殿の剣の腕前はただならぬものがあります。とてもそれがしひとりでは討ち取れぬと存じます」

圭吾が頭を下げて断ろうとするのを、利景は許さなかった。

「ならば十人でも二十人でも助太刀を連れていくがよい。さすれば討てぬことはあるまい」

「しかし、それほどの人数を出すのであれば、それがしが参らずともよいのではありませぬか」

なおも圭吾が拒もうとしても利景は話を続けた。

「いや、そなたが行かねばならぬわけがあるのだ。ひとつには、樋口が今村帯刀を殺めたのはそなたが命じたからだという噂がある。そなた自身が樋口を斬ることで身の潔白を証してもらわねばならんのだ」

利景にあからさまに言われて、圭吾は言葉に窮した。

六郎兵衛が帯刀を殺めることになったもともとの発端は沼田嘉右衛門だった。だが、嘉右衛門が失脚したいまとなってみれば、圭吾がすべてを負うしかない。

圭吾が黙っていると、利景はさらに言葉を継いだ。

「もうひとつの理由は、そなたが討ちに向かえば、樋口は手向かわずに首を差し出すかもしれんからだ」

圭吾は眉をひそめる。利景がなぜそんなことを言うのかわからなかった。

「さようなことが、あるはずもございません」

素っ気なく圭吾が言うと利景は嗤った。

「とは限らぬぞ。昔からそなたと樋口の間には衆道の噂があるというではないか。同じ正木道場に通うころ、契りをかわしたのではないか」

「何を仰せになりますか。お言葉が過ぎまするぞ。わたしと樋口殿はさような間柄ではございませぬ」

思わず怒りがこみ上げた。

「そなたはそう思っているのかもしれんが、樋口の方はどうかな。永年、そなたに思いをかけて尽くしてきたのではないのか」

「それは――」

言いかけて圭吾は言葉を呑んだ。

正木道場の仲間たちと葛ケ原に月見に行く途中、六郎兵衛が口にした、あの歌こそが六郎兵衛の気持だった。

（あのときから全ては始まったのだ）

そう思うと圭吾はせつなくなった。

世間から見れば、六郎兵衛の思いは衆道なのかもしれない。だが、そのように貶めてはならないものが六郎兵衛の心にはあった。

圭吾は利景を見すえた。

「樋口六郎兵衛殿を討てとの命、たしかに承ってございます。それゆえ、いまのような戯言を申されぬようお願い申し上げます。これは武士の一分にかかわることにて、わたしも聞き流しにはできませぬゆえ」

圭吾の言葉にこもる殺気の鋭さに、利景は鼻白み、千四郎と佐一郎も顔をこわばらせた。

二十四

この日、圭吾が登城している間に三浦屋敷を訪れた者がいる。

樋口六郎兵衛だった。

粗末で汗臭そうな黒い着物にしおたれた袴をつけ、髭だけは丁寧に剃っているものの、月代は伸び髷は梳っていない。

六郎兵衛が訪いを告げ、出てきた女中がぎょっとしたのは、何より六郎兵衛の青ざめた幽鬼のような顔に驚いたからかもしれない。

「奥方にお目にかかりたい」

六郎兵衛は沈んだ声で言った。女中はあわてて奥へ行き、間もなく美津が玄関に出てきた。

謹直な様子で頭を下げた六郎兵衛は、

「おひさしぶりでござる。突然で申し訳ござらぬが、今日は奥方様にお話しいたしたきことがあって参りました」

と告げた。美津は困った顔になって、

「ただいま主人はお城に上がっております。留守にお客様を招じ入れるわけには参りませぬゆえ、玄関先にてうかがってもよろしゅうございますか」

と言った。六郎兵衛は少し考えてから、

「庭先にまわらせてはいただけませぬか」

と訊いた。美津はうなずいた。

「庭ならばよろしゅうございます」

美津の許しを得た六郎兵衛は、玄関のそばの枝折戸を開けて庭に入った。その間に美津は中庭に面した縁側にまわる。

六郎兵衛が中庭に佇むと、美津は縁側に腰掛けるように勧めた。悪びれることなく六郎兵衛は縁側に座った。

美津もかたわらに座り、並んで庭を眺める形になる。六郎兵衛は美津に顔を向けず、庭を見つめたまま、

「これはそれがしの独り言だと思ってお聴きいただきたい」

と低い声で言った。

美津はうなずいたが、あえて声は出さなかった。それでも六郎兵衛は美津が承知したことがわかるのか、ゆっくりと口を開いた。

「三浦殿とは様々な因縁がございましたが、もはやこのあたりで終わりにいたさねばならぬようです。どのような形かはわかりませぬが、間もなく三浦殿と立ち合うことになりましょう。そうなれば剣の腕での勝敗は見えております。三浦殿がいかような技を使われましても、あるいはどれほど助太刀がいようとも、わたしは三浦殿を斬ります」

圭吾を斬ると六郎兵衛が断言するのを聞いたとき、美津の全身から血の気が引いた。深い底なしの穴に落ち込むような気がしたのだ。

六郎兵衛は斬ると言ったならば、必ず斬るだろう。仕損じるということが六郎兵衛に限ってはないと思えた。

「樋口様、主人をお助け願えませんでしょうか」

美津の声がかすれる。

「さて、それは奥方様の覚悟しだいでしょう。奥方様が覚悟をされねば、わたしにもどうしようもないのです」

「覚悟と申されますと」

恐れる気持を抱きながら、美津は六郎兵衛の横顔を見つめた。木彫りの仏像のような無骨で無表情な横顔だった。

「身を捨てる覚悟はおありですかと、うかがっております」

六郎兵衛が何を求めているのかわからなかったが、美津は思い切って答えた。自分にできることであるならば、どのようなことでもしようと思っていた。

六郎兵衛はぽつりとつぶやいた。

「羨（うらや）ましい——」

美津は首をかしげる。

「何がでございますか」

「三浦殿には、奥方様のように身を投げ出してでも尽くそうというひとがいる。わたしにはさようなひとはおりませんでした」

六郎兵衛はふふと笑った。

「亡くなられた奥様は、さようなかただったのではございませんか」

「家内には苦労ばかりかけて死なせました。哀れだと思います。わたしは良い夫ではありませんでしたから」

六郎兵衛は陰鬱に答える。美津は頭を振った。

「わたくしはさようには思いません。樋口様はやさしい心をお持ちです。女子には、殿方のやさしい心は言葉にならずともわかります。そして女子はやさしい心のそばにいれば、不幸せということはございません」

「そうでしょうか」

六郎兵衛はうつむいた。泣いているようだった。そんな六郎兵衛を見ながら、美津は自分を励まして口を開いた。

「樋口様、わたくしは何をしたらいいのでしょうか。お教えください」

六郎兵衛はゆっくりと美津に顔を向けた。

「申し上げましょう」

庭からの風で、六郎兵衛の鬢がそよいだ。

この日、夕刻になって下城した圭吾は、大手門でやはり下城しようとする沼田佐一郎と顔を合わせた。

佐一郎が挨拶して通り過ぎようとすると、圭吾はふと思いついて声をかけた。

「お父上はご健勝ですか」

佐一郎はいきなり父、嘉右衛門のことを訊かれて戸惑いながら、

「息災にしております」

と答えた。圭吾はさらに言葉を継ぐ。

「それはよろしゅうございました。ならば、ただいまから沼田様をお訪ねいたしたいのですが、よろしゅうございますか」

佐一郎は驚いて、鳩が豆鉄砲を食ったような顔をした。

「父は喜ばぬと存じますが」

佐一郎がおどおどと言うと、圭吾はにこやかにうなずいた。

「わかっております。それでもひとつだけおうかがいいたしたいことがあるのです。押してお願いできませんか」

圭吾がなおもあきらめずに頼むと、佐一郎は根負けしたように、わかりました、お出でくだされませ、と言った。

圭吾を案内して屋敷に戻った佐一郎は玄関から上がると、圭吾を客間に通した。

「しばらくお待ちを」

佐一郎が圭吾を残して奥へ入り、小半時（約三十分）ほどたってから、客間の襖をすっと開けて着流し姿の嘉右衛門が入ってきた。

「ひさしいな。何の用だ」

嘉右衛門はぶっきら棒に言った。

「御無沙汰いたしております」

圭吾が頭を下げると、嘉右衛門は苦い顔をした。

「挨拶はいい。用件を言え、お主の顔を見ていると気分がよくないのだ」

あからさまな嘉右衛門の言葉を受け流して、圭吾は口を開く。

「さあれば、申し上げます。殿には御親政に乗り出す腹を決められたようでございます」

「そうらしいな。倅（せがれ）から聞いたぞ。そうなると、さしずめお主などは用済みで放り出されることになるな」

　嘉右衛門はつめたく言った。

「さようにございます。放り出すどころか殿にはそれがしの命を奪いたい様子で、昨夜は梟衆（ふくろうしゅう）に襲われました」

「ほう、それで、命が助かったのか」

「はい、なんとか、命拾いいたしました。しかし、本日、殿より、樋口六郎兵衛殿を討つように命じられました」

　圭吾の言葉を聞いて、嘉右衛門はちょっと驚いたように目をむいた。それでもしばらくして、なるほど、まとめて始末しようということか、とつぶやいた。

「さようにございます。わたしは樋口殿に勝とうが負けようが、どちらにしても殺されるのではないかと存じます」

　嘉右衛門は圭吾が斬られるということには、さほど関心がないらしく、

「しかし、不思議だな。わしは殿が親政を行うためにそなたを登用して帯刀やわしの派閥を一掃するつもりだ、と思っていた。そなたが、殿にかように早く見放されるとは思っていなかった。何があったのだ」

圭吾はため息をついた。

「わかりませぬ。わたしの何かが殿のお気に召さなかったのでしょう。そうとしか思えませぬ」

「ふむ、わしや今村帯刀に比べて与しやすしと思われたのかもしれぬな」

嘉右衛門は腕を組んだ。圭吾が身を乗り出す。

「そこでございます。今村様と沼田様が永年、殿の親政への望みを封じてこられたのは、いかなる手段によってであったのかを知りたいと思ってうかがったのです」

圭吾が真剣な表情で迫ると、嘉右衛門は大声で笑った。

「なるほどそれで、藁にもすがる思いでやってきたというわけか。だが、それは帯刀のしてきたことだから、わしにもよくわからん。帯刀は藩主のご親戚筋に顔が利いた。おそらくは本藩のご親戚に手をまわして、殿が手前勝手に動けぬような手配りをしていたのだろう。もし、帯刀がそれをしなければ、わしがしていただろう」

そこまで答えて、嘉右衛門は圭吾をまじまじと見つめた。

「そうか、わかったぞ。なぜ、そなたが殿に斬られることになったのか」

圭吾ははっとした。

「なぜでございますか」

「お主、帯刀から親戚筋に手をまわせと教えられなかったのだな。帯刀はそのようなときは城下の津島屋のような商人に金を出させて、親戚筋にばらまいて味方につけていたのだ。お主は津島屋の娘を妻にしておるゆえ、婿殿(むこどの)のためなら津島屋からいくらでも金が出たであろう。とっくにその手を打っていたと思っていたぞ」

嘉右衛門は笑った。

「わたしはそのような手段を好みません」

圭吾は苦しげに言った。

嘉右衛門はあらためて首を振った。

「わしも帯刀もお主を買いかぶっていたようだ。お主はもともと政(まつりごと)に向かぬ男であったのだな」

嘉右衛門の言葉を聞いて、圭吾は不意に納得した。そうだ、もともと向かないことをしようとしていたのだ。藩を左右する権勢家になるなど、はかない幻のようなものだったのだ。

圭吾は憑(つ)きものが落ちたような気持で沼田屋敷を辞した。

帰ろうとする圭吾に向かって嘉右衛門が、

「そなたが頼るのはもはや、樋口六郎兵衛しかおらぬな」

と皮肉のように言った。

三日後——

圭吾の御用部屋に大蔵が入ってきて、

「樋口六郎兵衛との立ち合いは明日、正午に浅木河畔でということになりました」

とさりげなく告げた。

浅木川は領内を縦断して海へ通じる大きな川である。その河畔は葦が生い茂る平地だった。立ち合いには向いている場所だ。

「そうか」

圭吾がうなずくと、大蔵はさらに、

「助太刀としてわれら梟衆の十五人が出ますゆえ、万が一にも樋口を討ち漏らすことはありますすまい」

と言い添えた。

圭吾は大蔵をじっと見つめた。

「それで、樋口殿を討った後、わたしはどうなるのだ」

「さようなことまでは、うかがっておりませぬ」

大蔵は平然と答える。

「その場を去らせずにわたしも討ち取るのではないか」

圭吾は重ねて訊いた。すると、大蔵はゆるゆるとうすい笑みを浮かべた。

「さような面倒をせずとも、樋口が三浦様を斬るのではありますまいか」

「そうか、樋口殿がわたしを斬るまで黙って見物するつもりか」

ひややかに圭吾が言うと、大蔵は何も答えず頭を下げ、御用部屋から出ていった。

ひとり残された圭吾は、浅木河畔での六郎兵衛との立ち合いがどうなるか脳裏に思い描いた。

六郎兵衛はあの長刀をたばさんでくるに違いない。

風が吹きすさぶ河畔で立ち合ったとき、六郎兵衛は間合いに入るまで刀を抜かないだろう。

猫のようにしなやかな足取りで圭吾に近づき、間合いに入った瞬間に居合を放ってくるはずだ。

もし、圭吾がその居合を受けることができたとしても、すぐに六郎兵衛の刀は宙で反転して、

——鬼砕き

を見舞ってくる。

何度か見た〈鬼砕き〉は、六郎兵衛の刀に抑え込まれ、それを弾き返そうと力を込めたところに斬撃を見舞われて刀を折られるのだ。

圭吾は刀が折られ、同時に血に染まって河原に倒れる自分の姿を見た気がした。

そのことは遠い昔、道場で六郎兵衛から稽古相手を求められたときから決まっていたのではないか。

六郎兵衛に斬られると思うと、身の裡に何ともしれない火照りを感じた。死の光景を思いながら、どこか陶然となっている自分に圭吾は驚くのだった。

## 二十五

この日の夜、下城して屋敷に戻った圭吾は着替えた後、居室で美津に六郎兵衛と闘わねばならなくなった、と話した。

美津はさほど驚きの色を見せなかった。

「さようなことにならねばよいと思っておりましたが」

美津は淡々と言った。どこか覚悟したところがある様子だった。

「樋口殿とは、思えば不思議な縁であった」

圭吾は美津が持ってきた茶を飲みながらつぶやいた。

「まことに――」

うなずくばかりで美津は口が重い。六郎兵衛と闘えば圭吾は生きて帰ることはない、と知っているからだろう。

圭吾は励ますように、

「わたしは樋口殿と闘っても無駄に命を落としたりはせぬぞ。たとえ正木道場の天狗と言われた樋口殿でも遠島で体を痛め、いままた病を得ておられる。闘って勝てぬ相手ではないのだ」

と言った。美津は顔をあげた。

「わたくしもさように存じます。ですが、旦那様が樋口様に勝たれればよいとは思いません。樋口様が敗れ、命を失われるなら、それも嬉しいことではないのでございます」

圭吾は驚いて美津を見据えた。

「わたしが生きて帰っても、そうなのか」

「それは、旦那様に生きて帰っていただかねば困ります。ただ、樋口様はわたくしがかどわかされたときに助けてくださった恩人でございます。その恩はいままでお返しせぬままです」

「そのことは言われずともわかっておる。だからこそ、わたしも気が進まぬのだ」

圭吾はわずかに苛立ちを見せた。

「ならば、樋口様と闘わずにすむ道をお考えいただくわけには参りませんか」

「どうしろというのだ」

訝しげに圭吾は美津を見た。

「殿様にお許しいただくよう願い出てはいかがでしょうか。たとえ、執政の座から降りることになってもよいではありませんか」

圭吾は頭を横に振る。

「それは無理なのだ。殿はわたしを殺したいのだ。そんな願いは決してお聞き届けにならぬ」

「さようでございますか」

美津はため息をついた。

寝所に入って布団に横になってからも、圭吾は考え続けた。

なんとか、六郎兵衛と闘わずにすむ方法はないだろうか。しかし、考えるにつれ、それはできないことだと思われてきた。

それどころか、六郎兵衛と自分はいつかは闘わねばならない宿命であったのだという気さえしてくる。

圭吾が物思いにふけっている間、隣の布団で寝ている美津も目が冴えて寝つかれない様子だった。

美津はいまどんな思いでいるのだろう、と考えながら、うとうとしていた圭吾は、いつの間にか夢を見ていた。

谷川のせせらぎを聞きながら、ほとりに立っている。

驚くほど、清冽な流れだった。

圭吾は川べりに膝をついて手を差し伸べ、流れにふれようとした。

つめたい水の流れが気持よかった。川面に向かってかがみこみ、水をすくって飲もうとした。

川面にひとの顔が映っている。自分の顔だろうと思ったが、そうではなかった。

樋口六郎兵衛の、頬のこけた顔だった。

圭吾ははっとした。

その瞬間、川の水は真っ赤になっていた。

ぎくりとした圭吾は目を覚ました。

額に汗をかいていた。

夜がふけて再び寝につくまで、血に染まったかのような川面の光景が脳裏から消えなかった。


翌朝——

圭吾は家僕を藩庁への使いに出した。

病のため登城できないと届け出るためだった。昨夜は寝られないかと思ったが、深夜になってからは思いのほか平静な気持で寝ることができた。

何かを諦(あきら)めたのだ。それは生への執着ではない。生きたいという思いは胸の中でいまも熾烈(しれつ)だった。

言うならば、諦めたのはひととしての見栄(みえ)だろう。さしたる野望も才覚も持ち合わせていなかったのに、派閥を持ち、執政にまでなった。

本来の自分らしくはなかったと思いつつ、朝餉(あさげ)を食べる。子供たちが朝の挨拶に来たが目を合わさず、うなずいただけだった。

（子供たちのことを思えば、未練が出て闘えない）

六郎兵衛の剣から逃れるには、明鏡止水の心境でなければならない、と思う。だが、同時に、たとえどのように工夫しても六郎兵衛には勝てないとわかっていた。

それなのに、なおも闘う工夫をしようとするのは、生きたいがためだったが、それだけではなく、六郎兵衛と正面から向かい合いたいと思ったからだ。

子供のころ、六郎兵衛から稽古をつけてもらったときは、ひたすら真正面からぶつかっていった。だが、長じて道場でもそれなりの席次になり、

――正木道場の隼（はやぶさ）

などと呼ばれるようになると、六郎兵衛からわずかに遠ざかった。六郎兵衛に及ばないことが、ありありとわかったからだ。それとともに、六郎兵衛との間に衆道の噂があることが気になった。

圭吾自身は衆道を毛嫌いするような気持はなく、ひょっとして六郎兵衛が自分へ恋心を抱いているのではないか、とちらりとでも思うと、くすぐったいような甘美なものを感じた。

だが、美津を妻に迎えた際、浪人たちから美津を助け出したのは自分ではないという後ろめたさから、六郎兵衛との間に心の隙間（すきま）ができた。

さらに、なぜかしら不運でひとに疎まれる六郎兵衛と関わっては身のためにならない、という打算も働くようになった。

その癖、六郎兵衛の自分への好意は変わらないだろうという思い上がりめいた気持もあった。実際、六郎兵衛の思いやりは変わらなかった。

だからこそ、藩内の抗争で苦しい立場になると、六郎兵衛にすがった。そのあげく今村帯刀の暗殺をさせてしまったのだ。

(六郎兵衛殿にとって、わたしは疫病神だった)

そんな自分になぜ、六郎兵衛はいとおしむように接してくれたのか。それは衆道というだけではすまない何かのような気がする。

いまの苦境は自らの心のいたらなさから来たものだ。だとすると、六郎兵衛と逃げることなく向かい合いたい。そのために闘い方の工夫をするのだ。

圭吾は考えながら黙々と朝餉を食べた。

昼前になって圭吾は屋敷を出た。

玄関の式台で見送る美津を振り向いた圭吾は、にこりとした。

「行って参る」

さりげなく圭吾は美津に別れを告げた。六郎兵衛との決闘が今日であることは美津には話していない。しかし、美津は圭吾が何をしようとしているのか、察しているようだ。

「お出でなされませ」

真剣な眼差しで、ひたと圭吾を見つめてから頭を下げた。

圭吾はうなずいて玄関を出ると門をくぐり、路上に出た。

供の者は連れなかった。

もし、六郎兵衛に斬られても、梟衆が自分の遺骸は屋敷に送り届けてくれるだろう、と思った。そのとき、六郎兵衛に勝つことをまったく考えていない自分に気づいて圭吾は苦笑いした。

それでも、六郎兵衛との闘いの工夫をしたことに後悔はなかった。死力を尽くして六郎兵衛に認めてもらいたいと思った。六郎兵衛に精いっぱいの自分を見てもらえることが嬉しいのだ。

この思いは何なのか。

ひょっとすると、自分は子供のころから六郎兵衛を恋い慕っていたのかもしれない。いまになってみれば、そうも思えるのだ。

しかし、そのことをはっきりと認めたくはなかった。有体に言えば、皆が六郎兵衛を軽んじるように、自分も軽んじていたのだ。だから、ひそかに六郎兵衛を慕っているなどと、ひとには知られたくなかった。

六郎兵衛は風采が上がらず、口下手でそれだけに世渡りにも長けていない。常にくすぶったようにして生き、あげくのはてに遠島になった。

どうあがいても日の当たる場所に出られない陰の漢だった。そんなひとに引きずられるようにして、薄暗い泥道を歩きたくはなかった。それでも、実は六郎兵衛の心にある水晶のような輝きに気づいていた。

六郎兵衛はどれほど悲運に落ちようとも、ひとを恨まず、自らの生き方を棄てるようなこともなかった。

闇の奥底でも輝きを失わないひとだった。

もし、そんな六郎兵衛とともに生きてきたとしたら、たとえめぐまれない境遇にいても、明るい笑いを失わずにいられたのではなかったか。

派閥の領袖となってから自分を取り巻いていたのは、追従と媚びる笑いだけで、腹の底は知れず、むしろつめたい視線をまわりの者から感じるばかりだった。

権力の座に上らず出世すらしなくとも、屋敷の縁側で美津や子供たちと笑い合える日々が、六郎兵衛とともに生きたならばあったのではなかっただろうか。

圭吾はそんなことを思いつつ、浅木河畔へと向かった。河畔には葦が生い茂って、ところどころは川面を覆い隠すほどだった。

すでに梟衆たちが河畔を見下ろす土手に来ていた。

驚いたことに、土手に藩主家の家紋である揚羽蝶紋を染め抜いた幔幕が張られている。

圭吾が河畔に着いたのを見て、梟衆のひとりが駆け寄ってきた。

訝しげに見つめる圭吾に、梟衆は、

「三浦様、すでに殿がお見えになっておられます。幔幕の前でお控えあるよう」

と声をかけた。

圭吾はうなずく。

梟衆に案内されて幔幕の前に向かいながら、圭吾は腸が煮えくり返る思いだった。親政のために邪魔になる圭吾を除こうとするのは、藩主としての考えだと思えないこともない。しかし、あたかも闘鶏か何かのように、六郎兵衛との闘いを見物するとはどういうことなのか。

(わたしは、ひととしてあつかわれていないようだ)

憤り(いきどお)とともに、今村帯刀を暗殺するように仕向けられたおりの六郎兵衛も同じように感じたかもしれない、とも思った。

## 二十六

幔幕に近づくと大蔵がやってきて、圭吾が控えるべき場所を示した。見ると、狩装束の利景がすでに床几(しょうぎ)に腰かけていた。鷹野(たかの)に出てきたという装い(よそお)だった。

かたわらに今村千四郎と沼田佐一郎が、やはり狩装束で控えている。圭吾が片膝ついて控えると、利景は声をかけた。

「おお、三浦、やっと来たか。待ちかねたぞ」

「恐れ入ります」

圭吾は感情を表に出さずに頭を下げた。

利景が皮肉な笑みを浮かべる。

「そなたが参ったのに樋口六郎兵衛はまだ姿を見せぬぞ。あるいは臆病風(おくびょうかぜ)に吹かれたのかもしれぬな」

「樋口殿に限って、決してさようなことはございません」

圭吾がきっぱり言うと、利景は首をかしげた。

「いや、そうとも言えまい。あの男はそなたに懸想していたようだ。かわいいそなたの命を救うためなら、恥をしのんで逃げたかもしれぬぞ」

利景はからからと笑った。

「仰せ、畏れ入りますが、樋口殿はひとに恥ずかしからぬ武士でございますれば、このところをおわかり願いとうございます」

圭吾の懸命な物言いに、利景がじろりとつめたく睨んだ。

「何を言う。樋口は多少、剣にすぐれただけで、学才なく、礼儀も知らず、藩政に役立つ器量もない男だ。いわば、わが藩の厄介者である。さような廃れ者をいままで生かしておったのは、わが仁慈のゆえである。しかと心得よ」

利景の酷い言葉に圭吾は眉をひそめる。

「なるほど、樋口殿は目立ったご奉公はできなかったかもしれませんが、篤実の士でございました。さような藩士もいなければならぬと存じます」

「しかし、わしはさような者は家中に居て欲しくはないな。藩士はわしの命に従うだけでよい。人柄が篤実だなどというのは、物の役に立たぬ藩士の言い訳に過ぎぬと思うぞ」

　圭吾は目を閉じて耐えたが、六郎兵衛がなぜこれほどまでに酷く笑い物にされなければならないのかが、わからなかった。

　利景の言葉をどう聞いていいのかわからず、あいまいな笑みを浮かべていた千四郎と佐一郎が立ち上がって、

「殿、あれに――」

「樋口のようでございます」

　と口々に言った。

　利景は伸びあがって見た。

　それにつられて圭吾も後ろを振り返った。葦の茂みに痩せた六郎兵衛の姿が見える。

「なに参ったか」

　立ち尽くしたまま、動こうとはしない。

　圭吾は六郎兵衛の姿を見て、目に涙が滲んだ。

　六郎兵衛の孤独と寂寥が痛いほどわかった。もはや、六郎兵衛には圭吾を斬ることぐらいしか、この世に留まる理由を見出せていないのではないか。

　圭吾は素早く羽織を脱ぎ捨てて立ち上がると、刀の下げ緒で襷をかけた。

「ご免――」

利景に頭を下げてから、圭吾は六郎兵衛に向かって歩き始めた。

「しっかりいたせよ」

利景が声をかける。

だが、圭吾は振り向かず、応じる声も上げなかった。もし振り向けば、かような酷いことを家臣にさせようとしている利景を斬りたくなるのはわかっていた。

(六郎兵衛殿、われらは暗君に仕えてしまいましたな)

圭吾は歩きながら、胸の中で六郎兵衛に呼びかけた。

近づくにつれ、六郎兵衛の顔がはっきりと見えてくる。

風采が上がらないといっても、かつては黒々としていた鬢に、今は白髪がまじり、頬はこけ、胸が痩せて顔色も悪く、

――青鬼

のようだった。

圭吾は痛ましいと思ったが、そんな言葉を発してはならないと自分に言い聞かせた。

武士としての六郎兵衛に尊敬の念を抱きつつ、自分は闘うのだ。何としても死力を尽くして六郎兵衛を倒し、美津と子供たちのもとに戻ろう。

そのことしか考えないようにした。

「樋口殿――」

圭吾が呼びかけると、六郎兵衛は薄く笑った。

「よう来られた。三浦殿の武士としての意地を見せていただき、嬉しゅうござる」

六郎兵衛はつぶやくように言うと刀の柄(つか)に手をかけ、腰を落とした。

(居合でくるつもりだ)

圭吾は間合いに入る前に刀を抜いて、正眼に構えた。

居合では六郎兵衛にかなわないのは目に見えている。

だが、六郎兵衛が居合を仕掛けようとしているのは、病身で体力に自信がないからかもしれない、とも思った。

(勝負を長引かせれば勝てるかもしれない)

圭吾はじりっと横に動いた。

六郎兵衛が圭吾の動きに合わせるかのように、わずかに体の向きを変える。圭吾は間合いをはかりつつ、六郎兵衛に居合を放たせるにはどうしたらいいのかを考えた。

居合は最初の一撃をかわしさえすれば、次に仕掛ける側が有利になるのだ。圭吾は大きく息を吸って、吐き切る瞬間、一歩踏み込んで、

たあっ
と気合を放った。六郎兵衛がつられて居合を放つことを狙っていた。しかし、六郎兵衛は鎮まりかえっている。

六郎兵衛が笑った。

「殺気のない気合は、ただのかけ声だ」

嘲るように言われて、圭吾はかっとなった。

上段に振りかぶってから打ち下ろした。居合の速さより、上段から打ち下ろす速さのほうが勝る。

一瞬の速さに圭吾はすべてを賭けた。

だが、圭吾が振り切る直前、脇にひやりとしたものを感じた。同時に六郎兵衛は圭吾の斬り込みを避けるかのように地面に転がり、すばやく立ち上がった。

六郎兵衛は刀を抜き、正眼に構えている。

あたかも、居合と上段からの撃ち込みが相討ちとなり、たがいに斬り損じたかのようだった。しかし、圭吾にはわかっていた。

（いま、斬ることができたはずだ。六郎兵衛殿はなぜ斬らなかったのだろう）

圭吾も正眼に構えつつ、思った。

六郎兵衛が情けをかけて、手加減したようには思えなかった。何かを狙って六郎兵衛はわざと斬らなかったとしか思えない。

だが、六郎兵衛が何を狙っているにしろ、立ち合いは続いている。一瞬の迷いが命取りになる。

圭吾は気合を発して斬りつけた。

これを受けながら、六郎兵衛はじりじりと後退していく。

圭吾は六郎兵衛に誘われるように、川べりに近づいていった。

ふわりと音もなく跳んで六郎兵衛が斬りつけてきた。思わず、圭吾は体を固くして刀で受ける。

がきっ

がきっ

刀が撃ち合い、青い火花が散った。

六郎兵衛は病身だとは思えない力強さで斬り合いを仕掛けてくる。圭吾は押されながらも、懸命にこれを受けた。

それでも六郎兵衛の斬り込みに押され川べりに沿ってしだいに後退(あとじさ)り、利景たちがいる土手からかなり離れた。すると、六郎兵衛は正眼の構えに戻って口を開いた。

「三浦殿はなぜそのように馬鹿正直に闘われるのですか」

意外な六郎兵衛の言葉に、圭吾は目を剝いた。

「武士はかくあらねばならぬ、と教えたのは樋口殿ではございませんか」

六郎兵衛が頭を振る。

「わたしはさようなことを教えた覚えはありませんぞ。武士の刀は主君であれ、家族であれ、おのれの命にかえても守りたい大切なひとのために振るうのだと思っております」

「それは、わたしも同じことです」

圭吾はあえぎながら言った。

「いや、違う。あなたがいま闘っているのは、殿に命じられたからにほかならない。すなわち、おのれの身分に縛られて刀を抜いたのです」

六郎兵衛は悲しげに言った。

「武士には、ほかの生き方はないではありませんか」

「いや、武士であることを捨てればよいだけのことです」

六郎兵衛はやさしい目で圭吾を見つめた。圭吾は六郎兵衛を見つめ返して、ゆっくりと言葉を発した。

「さようなことを言われるなら、樋口殿こそ、武士を捨てればよかったではありませんか。自分ができなかったことをなぜ、わたしに言うのですか」

「自分ができなかったからこそです。わたしは武士であることを捨てても何も無かった。虫けらのように死ぬだけでした。ですが、あなたには家族もいるし、学問の才もある。別な生き方ができたはずだ」

顔をゆがめて圭吾は答える。

「無理だ。そんなことができるはずがない」

「いや、していただく。そのために今からあなたの刀を折る」

言うなり、六郎兵衛は一歩踏み込んだ。

（〈鬼砕き〉がくる）

圭吾は後退った。

六郎兵衛の刀と自分の刀を合わせてはだめだ、と思った。六郎兵衛は刀を打ち合わせたうえで一瞬引いて、相手が刀に力を込めている瞬間に大きく勢いをつけて刀を撃ち下ろし、相手の刀を折るのだ。

するすると圭吾は葦原の中を退いていった。ひとの背丈ほども伸びた葦の葉が、刀を大きく振りまわす妨げになるのではないか、と考えた。しかし、六郎兵衛はためらわずに追ってくる。

葦原にふたりの姿が隠れた。

圭吾はもはや逃げ切れぬと思って踏みとどまり、気合を発して六郎兵衛に斬りつけた。六郎兵衛はこれに刀を合わせる。

圭吾がさらに斬り返そうとしたとき、六郎兵衛の刀がひらりと翻（ひるがえ）った。

がきっ
凄（すさ）まじい音がして圭吾の刀は半ばから折れ、切っ先から半分が宙に飛んで、日光にきらりと光った。

土手で見物していた利景たちにも刀身が飛んだのがわかった。梟衆から思わず、おおっ、という声があがった。

圭吾は刀身が半分になった刀を持って、また後退りした。

六郎兵衛が刀を片手に提げてゆっくりと近づいてくる。

後ろに退いていた圭吾は泥に足をとられて尻餅（しりもち）をついた。もはや、闘う気力も残っていない。

圭吾は刀を投げ捨て、目を閉じた。

六郎兵衛は大きく刀を上段に構えると、圭吾の頭上めがけて振り下ろす。

圭吾は首筋にひやりとするものを感じた。

## 二十七

「三浦殿――」

　声をかけられて、はっとして目を見開いた。

（まだ、わたしは生きている）

　てっきり六郎兵衛に首を刎ねられたと思った圭吾は、思わず首筋をなでた。

「なぜ、斬らぬのです」

　圭吾はかすれ声で訊いた。

「死ぬより、生きるほうが辛いと存じます。あなたには辛い思いを味わっていただきたいのです」

　そう言った六郎兵衛は、葦の間からのぞく岸辺を指差した。そこには小舟がつけてあった。菅笠をかぶった百姓らしい男が櫓を漕いでおり、舟の中ほどは茣蓙で覆われている。その茣蓙がかすかに持ち上げられて白い顔がのぞいた。

　美津だった。

圭吾が息を呑むと、六郎兵衛は落ち着いた声で、

「ふたりの御子も奥方とともにおられます。三浦殿にもすぐに舟に乗っていただきます」

圭吾は振り向いて訊いた。

「舟に乗ってどうするのです」

「河口に出て、さらに港から船にて大坂に行くのです。道中手形は奥方様が用意しておられます。大坂の津島屋には伝右衛門殿が金子を用意しておられましたから、暮らしに困ることはございますまい。三浦殿は学才がおありゆえ、いずこかの学者の門を敲かれて、学問の道を歩まれるがよかろうと存じます」

六郎兵衛は静かな口調で言う。

「逃げるのならともに逃げましょう」

圭吾はすがるように六郎兵衛を見た。

六郎兵衛がかすかに笑った。

「その舟にわたしまでも乗るのは無理です。それにこれ以上、あなたの面倒を見るのは御免こうむりたい」

「しかし、わたしを逃がしたら樋口殿がどのような目にあわれるか」

「わたしはもともと、この決闘が終われば梟衆に殺されるのです。それが殿の思し召しであるからには逃れようはありません」

六郎兵衛は何でもないことのように言った。

「そんな――」

「われわれはもともと、不幸な藩に生まれたのです。あなたにはその藩から逃げ出していただきたい」

六郎兵衛はそう言うと、そっと手をのばして圭吾の頬をなでて、和歌をつぶやいた。

吾が背子と二人し居れば山高み
里には月は照らずともよし

六郎兵衛が詠じる和歌が胸に染み、頬にあてられた手のぬくもりがいとおしく感じられる。

「樋口殿――」

わたしも残ります、と圭吾が言いかけたとき、

――旦那様

美津の声がした。

圭吾は夢から醒めたようにはっとした。

六郎兵衛は圭吾の頬にあてていた手を引いた。

「ご無事に大坂に着かれることを祈っております」

六郎兵衛が言い終わらぬうちに、

「なぜ、止めを刺さぬのだ」

近くから大蔵の声がした。

圭吾と六郎兵衛の姿が葦原に隠れて見えなくなったため、様子を見にきたのだ。

「ただいま止めを刺します」

六郎兵衛は声を大きくして答えると同時に、圭吾の肩に手をかけて舟の方に押しやった。

圭吾はうなずいて、岸辺まで這うと小舟に飛び乗る。

小舟は大きく揺らいだが、百姓が巧みに櫓をあやつり、川面に滑り出した。それを見た大蔵が、あわてて葦原をかきわけて近づいてきた。

「待て、三浦圭吾、逃げるか」

大蔵が岸辺に立って声を張り上げた時、六郎兵衛は大蔵の背中に斬りつけた。大蔵はもんどりうって川に落ちた。

すぐにうつぶせの大蔵が浮かんでくる。すでに絶命していた。背中が大きく斬られ、川面に血が広がった。

水音が響いて、ほかの梟衆（ふくろうしゅう）たちが駆けつけてくる。

六郎兵衛は大蔵の遺骸を見下ろした後、圭吾たちが乗った小舟がしだいに遠ざかっていくのを見つめた。


小舟に乗った圭吾は葭蘆に隠れて、六郎兵衛が立ち尽くす岸辺に目を遣（や）った。

痩せた六郎兵衛の姿を見つめるうちに、涙があふれてきた。

「樋口殿、どうしてなのだ。どうしてかほどまでに尽くしてくだされたのだ」

嗚咽（おえつ）する圭吾の背を美津がやさしく抱きしめる。

「嘆かれますな。女子（おなご）のわたくしには樋口様のお気持がわかります。いとおしく思う相手を助けるために命を投げ出すことは、女子の喜びでございます。樋口様もそうなのです。旦那様を守り切ってお幸せなのだと存じます」

圭吾は頭を横に振った。

「そうなのか。わたしにはとてもそうは思えぬ。おのれ自身を顧みず、ひとに尽くすことなど、できるものなのか」

「できる方がいらっしゃるのです。樋口様のように」

美津は圭吾がいないときに屋敷を訪ねてきた六郎兵衛のことを話した。

六郎兵衛は、圭吾と立ち合うことになれば、浅木河畔を決闘場所にするよう求める。子供たちと共に小舟できて、圭吾を助けて逃げるように、と言った。

美津は、六郎兵衛がなぜ、そのように親切にしてくれるのか、と訊いた。

「さて、わかりませぬな。強いてあげるなら、三浦殿が、昔わたしが知っていた芳賀作之進様に面差しが似ているからかもしれません」

「芳賀様――」

「さよう、芳賀様は見栄えもせず、さしたる能もないわたしをかわいがってくださいました。わたしの生涯でいとおしんでくれたのは、母親と芳賀様だけであったかもしれません。その芳賀様はあるとき、わたしがひとに侮られたことに腹を立てて斬り合いをされました。そのとき恨みを買ったがゆえに切腹して果てられました」

「さようなことがあったのですか」

美津は眉をひそめた。

「わたしは芳賀様をそのような目に遭わせた男を斬りました。しかし、そんなことで、芳賀様がいとおしんでくださったことへの恩返しができたとは思っておりませんでした」

「そうでございましょうね」

美津は深々とうなずく。

「三浦殿に最初に会ったとき、芳賀様の面影を見たような気がしました。それ以来、三浦殿に尽くすことで芳賀様への恩返しをいたしたいと思ってきたのです」

そう言った六郎兵衛は、恥ずかしげな笑みを残して辞去していったのである。

「そうだったのか」

圭吾は六郎兵衛のひとへの思いの深さを、あらためて知った気がした。

川岸から遠ざかっていく小舟の中で、圭吾と美津は両手を合わせて頭をたれた。

川岸に立っていた六郎兵衛のまわりを梟衆が囲む。川面に大蔵の遺骸が浮いているのを見た梟衆は、

「なにゆえお頭を殺めた。三浦圭吾は何処に行った」

と厳しい言葉つきで問うた。

「知らぬな」

六郎兵衛は刀を鞘(さや)に納めて、

「殿に決闘の次第をご報告申し上げねばならん」

と告げた。

「待て、殿の御前に出ることは許さぬ」

梟衆のひとりが叫ぶ。

しかし、六郎兵衛は平然と歩き始めた。梟衆たちは六郎兵衛に斬りつけた。

六郎兵衛が腰を落として居合を放った。

ふたりの梟衆が倒れた。

血刀を手に提げたまま、六郎兵衛は土手に向かって歩いていく。それを追った梟衆が三人同時に斬りかかった。しかし、
がきっ
がきっ
がきっ
と凄まじい音が響いて、三人の梟衆の刀が折れ、半分の刀身が宙に飛んだ。

六郎兵衛の鬼気迫る剣技に恐れをなした梟衆たちは、遠巻きにして隙をうかがった。

その中を六郎兵衛は悠然と歩いていく。

うっ

六郎兵衛は胸苦しくなり、血を吐いた。利景がいるところまで、たどりつけるかどうかわからなかった。

(だが、行ってやる。たとえたどりつけなくて斬ることができなくとも、殿がおびえ、恐れる顔が見たい)

六郎兵衛は一歩ずつ土手に向かった。

幔幕に囲まれ、床几に座っていた利景が河畔を見下ろした。

血に染まった刀を持った六郎兵衛が近づいてくるのを見て、

「奴は何をしようというのだ」

とおびえたようにつぶやく。

千四郎と佐一郎が立ち上がって、六郎兵衛に目を遣りながら、

「殿、ここはお引上げになったほうがよいかと存じます」

「樋口は何をいたすかわかりませんぞ」

と言った。ふたりはさらに、

「馬だ、馬を引け」

「殿をお連れしろ」

と騒ぎ立てた。

だが、利景は嗤って動こうとはしなかった。

「藩主であるわしに向かって、何ができるというのだ。わしが一喝すれば、畏れ入って土下座するであろう」

利景が嘯くように言う間にも、六郎兵衛は近づいてくる。

六郎兵衛を囲む梟衆は遠巻きにするだけで、六郎兵衛に斬りかかろうとする者はいなかった。

なおも六郎兵衛は地面を踏みしめるように歩いてくる。

この時になって利景は逃げなかったことを悔いた。

蓮乗寺藩の藩主、永野利景が亡くなったのは、この年の十二月のことだった。

利景は鷹野に出かけた際、落馬して怪我を負い、それがもとで寝込んでいたと幕府には届け出られた。

利景には子が無かったため、寝込んでいる間に親戚である旗本の男子を養子に迎えており、家督相続と藩主の座の継承はつつがなく行われた。

大坂に出た圭吾は箭内仙庵という学者の塾に入って、しだいに学問を究めていった。
そのころ、圭吾は頭を総髪にして、
――燕堂
と号した。号の謂れをひとから訊かれると、
「去った燕に戻ってきて欲しいからです」
と笑みを浮かべて答えた。
蓮乗寺藩士、樋口六郎兵衛については、藩の記録に、
――不祥ノ事アリテ出奔ス
と記されているだけである。

# 友情の賦（ふ）を歌い続けて

島内景二

葉室麟の遺作『玄鳥（げんちょう）さりて』の「玄鳥」は、燕（つばめ）のことである。斎藤茂吉の『赤光（しゃっこう）』にも、「のど赤き玄鳥（つばくらめ）ふたつ屋梁（はり）にゐて足乳（たらち）ねの母は死にたまふなり」という歌がある。

季節の移ろいを示す「七十二候」には、「玄鳥至（つばめきたる）」と、「玄鳥去（つばめさる）」がある。

この作品は、九州の架空の藩、蓮乗寺藩の武士である三浦圭吾（みうらけいご）の成長と挫折（ざせつ）、立ち直りと新生を描く教養小説である。だが、もう一人の主人公として、圭吾の人格形成を支えた樋口六郎兵衛（ひぐちろくろべえ）がいる。「玄鳥＝燕」に喩（たと）えられているのは、六郎兵衛のほうである。

六郎兵衛は、彼の心をよく理解している妻から、「あなたはいまもどこかへ飛び立っていきたいと思っている、飛ぼうとしてもがく翼のざわめきがわたしには聞こえる」と言われた。「鬼砕き」という秘太刀を振るう剣の達人ながら、処世術が下手で、ことごとく不運を引き受けてしまう。島流しにされるなど、居所を転々とする「寄る辺を持たない」六郎兵衛は、まさに渡り鳥の燕のようだ。

六郎兵衛が圭吾の屋敷に匿まわれた時、圭吾は、「あの玄鳥はいつまで、わが屋敷にいてくれるのだろうか」、「六郎兵衛はわが家の守り神となってくれるのではないだろうか」、と期待した。

ところが、圭吾の心に、政治的な野望が芽ばえ始めると、六郎兵衛は飄然として去った。「六郎兵衛はやはり飛び去った燕だ、もはや、二度とわが家に戻ってくることはないのだ」と、圭吾は悲しむ。

紆余曲折の末に、圭吾は旧弊に満ちた藩を出て、大坂で学問の道へと転じる。圭吾もまた玄鳥となって、藩主や家老たちが内部抗争を繰り広げる醜い世界から飛び立ったのだ。そして、妻や子どもたちと共に、新しい巣を作り上げた。

「燕堂」と名告った圭吾は、その号の謂れを、「去った燕に戻ってきて欲しいからです」と答えた。この時、六郎兵衛は、圭吾の心の中に飛び込んでいて、圭吾と共に生きている。

葉室麟という文学者の魂も、玄鳥のように翼を羽ばたかせて、この世から去った。

燕は、空を切るように、鋭い飛び方をする。葉室も、暗雲が立ちこめ、どんよりと閉塞している現代社会の空を切り裂くような秀作を、立て続けに発表した。葉室の、翼ならぬ筆が切り裂いた暗雲の隙間からは、爽やかな青空が見え、そこから明るい光が差し込んできた。早すぎる死が、惜しまれてならない。『玄鳥さりて』というタイトルは、残された読者にとっては「葉室麟さりて」という意味で理解されることだろう。けれども、『玄鳥さりて』という連用止めであって、『玄鳥さる』という終止形ではない点に、大きな希望がある。連用止めは、次につながるのだ。葉室麟は、彼の作品を愛する読者の呼びかけに応えて、もう一度、いや何度でも天から舞い下りて、読者の心の中へと入ってきてくれる。葉室の本をひもとけば、彼の肉声が聞こえてくる。「友情」は尊いものですよ、と。

ところで、圭吾と六郎兵衛が、互いに寄せる思いは、「恋心」にも似た「友情」だった。

個人的な回想で恐縮だが、私が初めて葉室作品の文庫本解説を書いたのは、『銀漢の賦』だった。友情の美しさを清冽な筆致で描き、松本清張賞を受けた秀作である。その読後感は、平安時代に藤原公任が選んだ詩歌アンソロジー『和漢朗詠集』の「交友」をテーマとする和歌に通じる、と私は書いた。

君と我いかなることを契りけむ昔の世こそ知らまほしけれ

そして、私は次のように鑑賞した。

《「君と私とがこの世で出会って、これほど深い友情で結ばれたのは、前世でどのような深い因縁があったからなのだろうか、それを知りたいものだ」。詠人不知の和歌だが、どう考えてもこれは男女間の恋歌である。にもかかわらず、公任はこの歌の主題が友情であると見なした。まことの友情は、恋愛感情とよく似ているからだろう。》

葉室麟の没後に刊行された『玄鳥さりて』もまた、初期の『銀漢の賦』と同じように、友情の美しさと悲しさを歌い上げている。葉室麟は一貫して、「友情の人」、「交友の人」だった。

圭吾と六郎兵衛の「恋愛感情にも似た友情」には、伏線があった。六郎兵衛が少年だった頃、彼を稽古相手に選んだ芳賀作之進は、自分が八歳年下の樋口六郎兵衛に好意を示す理由を、「言ってみれば、何となくそなたとのことは生まれる前の前世から決まっていたような気がするのだ」と語っている。

作之進が若くして無念の死を遂げたあと、六郎兵衛は八歳年下の三浦圭吾との友情を育む。圭吾は六郎兵衛への思いを、「これは遠い昔から決まっていたことのよう」だと感じている。

運命の出会いを描く場面で、「前世」「遠い昔」と書き記す葉室の脳裏には、「君と我いかなることを契りけむ昔の世こそ知らまほしけれ」という和歌が反響していたのではなかったか。私が『銀漢の賦』の解説で書いた印象は、間違っていなかった。

ただし、『玄鳥さりて』で、友情のモチーフを象徴するのは、平安時代の『和漢朗詠集』ではなく、奈良時代の『万葉集』の高丘河内の歌である。葉室麟は、『万葉集』を愛する益荒男だった。

　吾が背子と二人し居れば山高み里には月は照らずともよし

江戸時代後期の歌僧で、『万葉集』を愛した良寛の、「この里に手鞠つきつつ子どもらと遊ぶ春日は暮れずともよし」という歌に影響を与えた歌である。

「吾が背子」の歌は、夫を愛おしむ妻の気持ちを、男同士の友情になぞらえている。どんなに山が高くて、月の光をさえぎったとしても、あなたとの「恋にも似た友情」があれば、私は生きていて良かったと満足できる。

どんなに自分たちの生きる環境が過酷でも、自分が命に替えても守り通したい「友」がいるならば、自分はこの世に生まれた甲斐がある、というのだ。

この高丘河内の歌に感動して、『玄鳥さりて』のテーマとした葉室自身も、「友」を求め続けていた。彼が理想とした友情が、数々の小説で描き続けられた。

『徒然草(つれづれぐさ)』第十三段に、「見ぬ世の人を友とする」という言葉がある。ここから「見ぬ世の友」という言葉も生まれた。既にこの世に生きる人でなくても、その人の残した書物を読むことで、書物の作者と読者は、時代を超えた友情を持つことができる、というのだ。

葉室麟は、生前には読者の立場で、先人たちの作品を読み、「畏友(いゆう)」と見なした文学者や思想家、歴史家たちと、対話を交しつつ、自らの文学世界を育んだ。没後には、繰り返し読むべき良書を数多く書き残したことで、葉室麟を「見ぬ世の友」と仰ぐ読者たちが現れ続けることだろう。

ところで、葉室麟の直木賞受賞作『蜩ノ記(ひぐらしのき)』は、藤沢周平の『蟬(せみ)しぐれ』にインスパイアされた小説ではないか、という意見がある。そして、葉室の『玄鳥さりて』も、藤沢の『玄鳥』へのオマージュではないか、という見方もある。葉室にとって藤沢周平が「見ぬ世の友」だったのではないか、という指摘である。

藤沢周平の『玄鳥』は、『文學界』昭和六十一年八月号に掲載された短編である(単行本は平成三年刊)。『文學界』は、純文学の世界での最高峰の文芸誌である。もともと純文学的で暗い作風だった藤沢は、軽快な筆致に転じて、時代小説界でブレークした。『玄鳥』は、余分な描写を極限まで削(そ)ぎ落とした、時代小説の筆致で書かれている。藤沢なりの「純文学」批判があったのかもしれない。

葉室麟もまた、純文学の世界での活躍を目指していたと思われる。けれども、歴史・時代小説に転じて人気を博した。もしもであるが、『玄鳥さりて』が『小説新潮』連載ではなく、純文学系の『新潮』連載であれば、文体は変わっただろうか、人物造型やストーリーに変化があっただろうか、そもそも短編に凝縮する道を選んだだろうか、などと想像するのは楽しい。

藤沢周平『玄鳥』では、未然形で終わった「三角関係」が展開している。燕の巣を愛する妻。燕を毛嫌いする夫。妻の父の門弟で、妻がかつて淡い恋心を寄せていた、粗忽ではあるがおもしろい、燕そのもののような剣士。

小説の最後で、剣士は藩を追われ、「巣をこわされ」、「だしぬけに巣を取り上げられた」燕のように去ってゆく。

葉室の『玄鳥さりて』では、「作之進と六郎兵衛」、「六郎兵衛と圭吾」というふうに、二組の友情が重ねられている。そして、この二組の「友情」は、どちらも八歳差だった。思い合わされるのは、森鷗外と賀古鶴所の友情である。二人は、東京大学医学部の同級生だったが、賀古が七歳の年長だった。鷗外の小説『ヰタ・セクスアリス』に登場する「古賀」のモデルが、賀古だとされる。

『ヰタ・セクスアリス』では、古賀と主人公の関係が、周囲から好奇の目で見られている。

《寄宿舎の部屋割が極まって見ると、僕は古賀と同室になっていた。鰐口は顔に嘲弄の色を浮べて、こう云った。

「さあ。あんたあ古賀さあの処へ往って可哀がって貰いんされえか。あはははは」》

これは、六郎兵衛たちに、周囲の者たちが向けるまなざしと同じである。

鷗外の遺言は、賀古が筆録した。

《余ハ少年ノ時ヨリ老死ニ至ルマデ、一切秘密無ク交際シタル友ハ、賀古鶴所君ナリ。コヽニ死ニ臨ンデ、賀古君ノ一筆ヲ煩ハス。》

ここに、年齢を超越した友情の実例が発見できる。

『玄鳥さりて』では、男同士の友情の輪の中に入れず、夫の友を快からず思う妻が登場する。美津である。彼女の心に注目しながら読むと、「人間は変わるものだ」、あるいは「人間は変われるのだ」ということが、説得力を持って理解できる。

圭吾の妻となった美津は、富商の娘だった。彼女は、夫である圭吾の出世を願うあまりに、かどわかされた自分を助けてくれた恩人である六郎兵衛を軽んじ、夫から遠ざけようとした。妻として、男同士の固い信頼関係に嫉妬する気持ちも、交じっていたかもしれない。だが、少しずつ、六郎兵衛の人格の美しさに感化されてゆく。

圭吾の場合にも挫折はあったが、教養小説のお約束である「浮き沈みの激しい人生」というストーリーの中に収まっている。

それに対して、美津は、六郎兵衛に対する評価を一変させている。「いつわりの幸福」を追い求める「いつわりの自分」を捨てることで、「真実の幸福」と「真実の自分」を発見したのだ。

時代小説では、登場人物のキャラクターが、明瞭（めいりょう）に色分けされていることが多い。ところが、美津の心には、一筋縄ではいかない複雑さがある。結婚当初の圭吾が爽やかな好青年だった頃には、顔は綺麗（きれい）でも心が美しくない「残念な妻」だった。圭吾が、闇（やみ）の仕事を請け負う「梟衆（ふくろうしゅう）」を預かって、「次席家老」になり、堕落した頃には、「どっちもどっちで、夫とお似合いの妻」だった。

けれども、六郎兵衛に感化されて、心の持ち方を変化させた美津は、夫を立ち直らせ、「どちらも立派な似た者夫婦」となった。六郎兵衛の友情は、圭吾の家庭生活をも救ったのである。そのうえで、六郎兵衛は圭吾と美津、彼らの子どもたちの前から去った。六郎兵衛は、葉室麟の分身である。

葉室麟に献げる

帰り来よ　空の上に翔け去りし燕よ
麗しき「友情」の主題を
我らに教えくれし君よ
「苦悩」と「絶望」という悪き虫どもに
日々　群肝の心を　食い破られおる我ら
帰り来よ　帰り来よと　空の上なる君を呼ばわん
君よ　燕よ　空を切りながら翔ぶ
その鋭さで　我らが心に翔び入り
悪き虫どもを　食い尽くしてたまわれ
心に君を宿せし我らは　君の友情に報いるために
心の内なる君と共に
「友情」の主題を　高らかに歌いながら　大空を翔けらん
新たな友を見つけ　その心へと飛び入って宿り
友情の証したる燕の巣を作り　永遠に宿り続けけん
君が「獲麟の歌」たる『玄鳥さりて』を開けば

懐かしき君の面輪と声　蘇り来る

（二〇二一年八月十五日　国文学者）

この作品は平成三十年一月新潮社より刊行された。

池波正太郎著

# 闇の狩人
（上・下）

記憶喪失の若侍が、仕掛人となって江戸の闇夜に暗躍する。魑魅魍魎とび交う江戸暗黒街に名もない人々の生きざまを描く時代長編。

池波正太郎著

# 上意討ち

殿様の尻拭いのため敵討ちを命じられ、何度も相手に出会いながら斬ることができない武士の姿を描いた表題作など、十一人の人生。

池波正太郎著

# 闇は知っている

金で殺しを請け負う男が情にほだされて失敗した時、その頭に残忍な悪魔が棲みつく。江戸の暗黒街にうごめく男たちの凄絶な世界。

池波正太郎著

# 真田太平記
（一～十二）

天下分け目の決戦を、父・弟と兄とが豊臣方と徳川方とに別れて戦った信州・真田家の波瀾にとんだ歴史をたどる大河小説。全12巻。

池波正太郎著

# 編笠十兵衛
（上・下）

幕府の命を受け、諸大名監視の任にある月森十兵衛は、赤穂浪士の吉良邸討入りに加勢。公儀の歪みを正す熱血漢を描く忠臣蔵外伝。

池波正太郎著

剣客商売①

# 剣客商売

白髪頭の粋な小男・秋山小兵衛と巌のように逞しい息子・大治郎の名コンビが、剣に命を賭けて江戸の悪事を斬る。シリーズ第一作。

司馬遼太郎著

**梟の城**

直木賞受賞

信長、秀吉……権力者たちの陰で、凄絶な死闘を展開する二人の忍者の生きざまを通して、かげろうの如き彼らの実像を活写した長編。

司馬遼太郎著

**人斬り以蔵**

幕末の混乱の中で、劣等感から命ぜられるままに人を斬る男の激情と苦悩を描く表題作ほか変革期に生きた人間像に焦点をあてた7編。

司馬遼太郎著

**国盗り物語**

（一〜四）

貧しい油売りから美濃国主になった斎藤道三、天才的な知略で天下統一を計った織田信長。新時代を拓く先鋒となった英雄たちの生涯。

司馬遼太郎著

**燃えよ剣**

（上・下）

組織作りの異才によって、新選組を最強の集団へ作りあげてゆく"バラガキのトシ"――剣に生き剣に死んだ新選組副長土方歳三の生涯。

司馬遼太郎著

**新史太閤記**

（上・下）

日本史上、最もたくみに人の心を捉えた"人蕩し"の天才、豊臣秀吉の生涯を、冷徹な史眼と新鮮な感覚で描く最も現代的な太閤記。

司馬遼太郎著

**関ケ原**

（上・中・下）

古今最大の戦闘となった天下分け目の決戦の過程を描いて、家康・三成の権謀の渦中で命運を賭した戦国諸雄の人間像を浮彫りにする。

藤沢周平著
用心棒日月抄

故あって人を斬り脱藩、刺客に追われながらの用心棒稼業。が、巷間を騒がす赤穂浪人の動きが又八郎の請負う仕事にも深い影を……。

藤沢周平著
消えた女
―彫師伊之助捕物覚え―

親分の娘おようの行方をさぐる元岡っ引の前で次々と起る怪事件。その裏には材木商と役人の黒いつながりが……。シリーズ第一作。

藤沢周平著
竹光始末

糊口をしのぐために刀を売り、竹光を腰に仕官の条件である上意討へと向う豪気な男。表題作の他、武士の宿命を描いた傑作小説5編。

藤沢周平著
時雨のあと

兄の立ち直りを心の支えに苦界に身を沈める妹みゆき。表題作の他、江戸の市井に咲く小哀話を、織麗に人情味豊かに描く傑作短編集。

藤沢周平著
冤（えんざい）罪

勘定方相良彦兵衛は、藩金横領の罪で詰め腹を切らされ、その日から娘の明乃も失踪した……。表題作はじめ、士道小説9編を収録。

藤沢周平著
たそがれ清兵衛

その風体性格ゆえに、ふだんは侮られがちな侍たちの、意外な活躍！ 表題作はじめ全8編を収める、痛快で情味あふれる異色連作集。

青山文平著　伊賀の残光

旧友が殺された。伊賀衆の老武士は友の死を探る内、裏の隠密、伊賀衆再興、大火の気配を知る。老いて怯まず、江戸に澱む闇を斬る。

青山文平著　春山入り

山本周五郎、藤沢周平を継ぐ正統派にして、全く新しい直木賞作家が、おのれの人生を摑もうともがき続ける侍を描く本格時代小説。

青山文平著　半　席

熟年の侍たちが起こした奇妙な事件。その裏にひそむ「真の動機」とは。もがきながら生きる男たちを描き、高く評価された武家小説。

宇江佐真理著　春風ぞ吹く
―代書屋五郎太参る―

25歳、無役。目標：学問吟味突破、御番入り――。いまいち野心に欠けるが、いい奴な五郎太の恋と学問の行方。情味溢れ、爽やかな連作集。

宇江佐真理著　無事、これ名馬

「頭、拙者を男にして下さい」臆病が悩みの武家の息子が、火消しの頭に弟子入り志願するが……。少年の成長を描く傑作時代小説。

宇江佐真理著　深川にゃんにゃん横丁

長屋が並ぶ、お江戸深川にゃんにゃん横丁で繰り広げられる出会いと別れ。下町の人情と愛らしい猫が魅力の心温まる時代小説。

西條奈加著

千両かざり
―女細工師お凜―

女だてらに銀線細工の修行をしているお凜は、神田祭を前に舞い込んだ大注文に天才職人時蔵と挑む。職人の粋と人情を描く時代小説。

西條奈加著

善人長屋

差配も店子も情に厚いと評判の長屋。実は裏稼業を持つ悪党ばかりが住んでいる。そこへ善人ひとりが飛び込んで……。本格時代小説。

西條奈加著

上野池之端
鱗や繁盛記

「鱗や」は料理茶屋とは名ばかりの三流店。名店と呼ばれた昔を取り戻すため、お末の奮闘が始まる。美味絶佳の人情時代小説。

杉浦日向子著

江戸アルキ帖

日曜の昼下がり、のんびり江戸の町を歩いてみませんか――カラー・イラスト一二七点とエッセイで案内する決定版江戸ガイドブック。

杉浦日向子著

百物語

江戸の時代に生きた魑魅魍魎たちと人間の、滑稽でいとおしい姿。懐かしき恐怖を怪異譚集の形をかりて漫画で描いたあやかしの物語。

杉浦日向子著

一日江戸人

遊び友だちに持つなら江戸人がサイコー。試しに「一日江戸人」になってみようというヒナコ流江戸指南。著者自筆イラストも満載。

玄鳥(げんちょう)さりて

新潮文庫　は－57－4

令和三年十月一日発行

著者　葉室(はむろ)麟(りん)

発行者　佐藤隆信

発行所　株式会社新潮社

郵便番号　一六二―八七一一
東京都新宿区矢来町七一
電話　編集部(〇三)三二六六―五四四〇
　　　読者係(〇三)三二六六―五一一一
https://www.shinchosha.co.jp

価格はカバーに表示してあります。



印刷・大日本印刷株式会社　製本・加藤製本株式会社


ISBN978-4-10-127375-4　C0193